AF191559

Inhaltswarnungen

Dieses Buch beinhaltet Geschichten, auf die Menschen sensibel reagieren könnten. Solltest du dich unwohl fühlen, über folgende Themen zu lesen, wird empfohlen, die entsprechenden Geschichten zu überspringen.

Dennis Pfefferkorn

Stachelschweine

15 Erzählungen

Bibliographische Informationen der Deutschen Nationalbibliothek:
Die Deutsche Nationalbibliothek verzeichnet diese Publikation in der
Deutschen Nationalbibliographie. Detaillierte bibliographische Daten
sind im Internet über http://dnb.dnb.de abrufbar.

2. Auflage, 2022
© 2019 Dennis Pfefferkorn.

Herstellung und Verlag: BoD – Books on Demand, Norderstedt

ISBN: 9783756256419

Die Gesellschaft von Stachelschweinen

I

Eine Gesellschaft Stachelschweine drängte sich, an einem kalten Wintertage, recht nahe zusammen, um durch die gegenseitige Wärme sich vor dem Erfrieren zu schützen. Jedoch bald empfanden sie die gegenseitigen Stacheln; welches sie dann wieder voneinander entfernte.

— Arthur Schopenhauer: Die Stachelschweine.

Präsent

Inspiriert von einer Passage aus Annie Dillards *Der freie Fall der Spottdrossel*.

Ich stehe auf der Straße. In der Ferne leuchten die Scheinwerfer eines Autos auf wie die Augen eines Raubtiers auf Beutefang, ehe sie um die Ecke verschwinden. Die Nacht ist klar; der Mond badet mich in seinem silbrig-weißen Licht. Ein halber Liter Whisky rauscht mir durch die Adern, steigt mir zu Kopf, beflügelt meine Sinne. Ich blicke zu ihm, der still neben mir steht, den Kopf in den Nacken gelegt hat und mit glitzernden Augen in die unendlichen Sterne starrt.

„Schön", flüstert er und wiederholt leise: „Schön."

Ich nicke und folge seinem Blick hinauf in den schwarzen Himmel. War schon die Party innig gewesen, gespickt mit kleinen, beiläufigen Berührungen und Blicken, ist dieser Augenblick, in dem wir nebeneinander mitten auf der menschenleeren Straße stehen und mit vernebelten Gedanken nach oben schauen, der vertrauteste der letzten Stunden. Diese Sekundenbruchteile bringen mich aus meinem alkoholischen Delirium zurück, aber nicht in ein normales Bewusstsein, sondern in eine Art besonnene Erwartung dahingehend, was er tun würde.

Ein sanfter Sommerwind haucht seinen Atem in meinem Gesicht aus und vergeht. Es riecht nach feuchtem Holz und Lehm.

„Komm", sagt er dann, steckt die Hände in die Hosentaschen. „Lass uns gehen."

Und wir setzen unseren Weg fort, doch die Magie des Moments bleibt präsent. Es kommt mir vor, als seien uns diese zufälligen gemeinsamen Sekunden von einer allumfassenden Macht gegeben worden; als seien sie schon im Vornherein in das Buch unserer Leben geschrieben und anschließend in ein Regal gestellt worden, nur dass sie jemand genau jetzt, in dieser Nacht, so früh am Morgen, wieder herauszieht und aufblättert.

Wie wir stumm unseren Weg fortsetzen, bin ich nicht enttäuscht, sauge vielmehr das Geschenk gierig auf, das sich mir offenbart. Nur wir zwei sind – unter dem durchstochenen Tuch der Nacht, hinter dem das Feuer lodert und uns entflammt.

Das ist sie, denke ich. Das ist sie. Die Gegenwart.

Stammtisch

„Dir ist schon klar, dass ich das hier geschäftlich halten möchte", meint die Frau, die mit einem südländisch aussehenden Mann in einer Sitznische sitzt. „Also hör auf mit diesem Quatsch." Sie nippt an ihrem Wein.

„Natürlich. Ich verstehe", sagt er und rollt gespielt mit den Augen. „Okay. Tut mir leid."

„Also, wenn wir das so durchziehen wollen, dann sollten wir uns um einen wirklichen Plan kümmern. Da haben deine ganzen dummen Sprüche keinen Platz."

„Ich weiß, ich weiß. Wir brauchen einen Plan, du hast recht. Aber ehrlich, vollkommen ohne böse Absichten: Ich finde, hier können wir das nicht besprechen. Es ist viel zu unruhig hier. Wir können zu mir gehen und dann –"

„Ich bitte dich!" Sie legt demonstrativ laut ihr Besteck auf den Tisch. „Wirklich, wenn du nicht aufhörst, dann gehe ich und unser Deal ist abgeblasen. Ich kann das auch allein. Ich brauche dich nicht unbedingt. Ich dachte nur, weil wir uns so gut verstanden haben damals und deine geschäftlichen Kompetenzen nicht von der Hand zu weisen sind, frage ich dich, ob du mitmachen willst. Aber so, wie es gerade läuft, frage *ich* mich, ob das alles für dich ernst ist."

„Natürlich ist es für mich ernst, meine Liebe! Komm, lass uns erst fertig essen und dann über die Sache reden. Solange wir nicht voll dabei sind und diese Pasta vor uns steht, wird das nichts."

Sie murmelt etwas. Er hört es, aber ignoriert es.

Sie schweigen die nächsten Minuten, essen die Pizza und die Pasta vor ihnen. Dann sagt er unvermittelt: „Ich bin vor ein paar Monaten wieder auf Elba gewesen."

„Geschäftlich?"

„Nein, nein. Privat. Ich habe Urlaub in der Toskana gemacht und bin rübergefahren. Als wir noch klein gewesen sind, sind wir mit Mama und Papa oft dorthin gefahren. Es war sehr schön, wieder dort zu sein."

„Wie geht es deinen Eltern? Und deiner Schwester? Siehst du sie noch oft, seitdem du hier lebst?" Sie heuchelt ihr Interesse, trinkt von ihrem Wein. Ihre Augen sind kalt.

„Gut, wirklich. Sie studiert jetzt in Rom. So wie du damals, als wir uns in diesem Restaurant in Trastevere kennen gelernt haben. Mama und Papa sind stolz darauf, dass sie es in die Hauptstadt geschafft hat. Ich natürlich auch. Und dass wir uns nicht oft sehen, ist ein Problem, ja, aber ich bemühe mich, mindestens einmal im Jahr in die Heimat zu fahren." Er verstärkt unterbewusst seinen leichten Akzent, der sonst kaum zu hören ist.

„Das ist sehr schön", sagt sie. Und dann: „Siehst du, wir können auch normal miteinander reden, ohne, dass du die ganze Zeit zweideutige Anspielungen machst."

„Wer kommt denn jetzt wieder darauf zurück, du oder ich?" Er lacht und hält ihr sein Glas hin, um anzustoßen. Sie tupft sich den Mund mit der Serviette ab. Er zuckt die Achseln, trinkt allein.

„Wie ist es bei dir? Hast du noch Kontakt zu den Leuten aus dem Auslandssemester?"

„Sehr wenig", antwortet sie und trinkt. „Mit Giulia habe ich noch ein bisschen Kontakt. Sie unterrichtet jetzt in Florenz an einer Schule. Ich habe vor, sie bald dort zu besuchen. Und wir telefonieren noch oft."

„Sehr schön, sehr schön. Giulia war eine tolle Frau. Aber nicht so toll wie du."

Sie zieht die Augenbraue hoch, sagt aber nichts.

Der Kellner kommt, nimmt ihre leeren Teller mit.

„Einen Rotwein für uns beide", ordert er. „Welchen möchtest du?", wendet er sich an sie und zwinkert ihr zu.

„Wirklich, ich möchte weder irgendeinen gottverdammten Rotwein von dir noch dieses bescheuerte Zwinkern." Sie macht Anstalten, bezahlen zu wollen, aber er legt ihr beschwichtigend die Hand auf den Unterarm.

„Dann nur einen für mich", sagt er zum Kellner.

Kaum sind sie wieder allein, senkt er die Stimme: „Musst du immer so durchdrehen, wenn man dir etwas Gutes tun will? Ohne irgendwelche Hintergedanken?"

Sie schnaubt empört auf, schiebt seine Hand beiseite und verschränkt die Arme vor der Brust. „Kommen wir jetzt lieber zum Geschäftlichen."

„Bist du dir sicher, dass wir das hier besprechen wollen? Ich fand unser kleines, persönliches Gespräch eben sehr angenehm. Ich trinke noch meinen Wein und dann können wir wirklich zu mir gehen; du kannst bei mir schlafen und morgen –"

„Danke, nein. Ich bevorzuge mein Hotelzimmer. Generell glaube ich gerade, dass es ein großer Fehler war, dich ins Boot zu holen und dich besuchen zu kommen."

„So." Er nimmt sein Glas vom zurückkehrenden Kellner, trinkt es in einem Zug leer, ohne den Wein zu genießen. „Merkst du nicht, dass wir uns im Kreis drehen? Warum hast du zum Beispiel überhaupt ein Hotelzimmer gebucht? Du weißt doch, dass du bei mir schlafen kannst. Mein Bett ist genauso warm wie das im Hotelzimmer. Langsam kriege ich das Gefühl, dass du gar nicht meinetwegen gekommen bist."

„Erstens: Wer bringt denn das Gespräch immer wieder auf diese schlüpfrigen Andeutungen zurück? Du oder ich? Und zweitens: Ich bin durchaus gekommen, um dich zu sehen, aber in der Hoffnung, ein produktives Gespräch über meine Start-up-Idee zu führen. Dein Schwanz macht mir da aber offensichtlich einen Strich durch die Rechnung."

„Hey, es ist gut jetzt." Er flirtet nicht mehr. „Jetzt wirst du zynisch. Mein Schwanz macht dir einen Strich durch die Rechnung? *Che cazzo*?!"

„Ach, *ich* werde zynisch?" Sie greift nach ihrer Handtasche und steht auf. „Das muss ich mir nicht von dir anhören. Du sitzt hier und versuchst, die erstbeste Frau ins Bett zu kriegen. Läuft es gerade nicht gut bei dir? Aber jetzt reicht's. Das Geschäft ist geplatzt. Ich werde jetzt zahlen, ins Hotel fahren und dann morgen nach Hause. Ich finde schon jemanden, der kompetenter ist als du. Oder, um es auf deinem Niveau zu sagen: *Vaffanculo!*"

Sie lässt ihn sitzen, wirft ihm einen weiteren abweisenden Blick zu. Er stürmt ihr hinterher, ruft: „Du bist nicht die erstbeste Frau! Hör mal, es tut mir leid, okay? *Cazzo!*"

Und ich selbst sitze allein am Tisch für fünfundzwanzig, trinke mein Bier und esse meine Pizza, als stiller Beobachter am nicht besuchten Stammtisch. Lächle in mich hinein angesichts der schlechten Komödie, die sich in der letzten halben Stunde abgespielt hat.

Ich beneide die beiden.

Wenigstens hatten sie Gesellschaft beim Essen.

Blaue Bank

Es war zu heiß, zu voll, zu laut. Obwohl der Schuppen verfallen war, drang kaum frische Nachtluft hinein, es war stickig. Nur der süßliche Geruch von Cannabis kam von draußen herein, dazu Zigarettenrauch. Um ihn herum standen zu viele Menschen auf zu wenig Platz, die meisten mit einem Pappbecher oder einer Flasche in der Hand, und versuchten, über den allgemeinen Lärm hinweg Gespräche zu führen.

Er selbst saß auf einer Holzpalette und öffnete den obersten Knopf seines Hemds. Zu heiß. Wo war Leon? Er hatte ihn seit einer halben Stunde nicht mehr gesehen. Er hatte versprochen, nur kurz nach seinen Gästen zu schauen und dann zurückzukommen. Seitdem war er verschwunden.

Er fühlte sich nicht wohl. Zu laut, zu voll. Er kannte niemanden. Vielleicht war es von Anfang an eine schlechte Idee gewesen, überhaupt zu kommen. Er wusste doch, dass er das nicht mochte, solche Partys, also wieso saß er jetzt hier und nippte an seinem Bier, das ihm Leon in die Hand gedrückt hatte? Er beobachtete die verschiedenen Gruppen um ihn herum: In einer Ecke fielen zwei Menschen mit ihren Mündern übereinander her. In einer anderen tanzten mehrere zur Musik. Dort stand eine Gruppe von drei jungen Frauen, die ihm immer wieder Blicke zuwarfen. Es war ihm unangenehm. Zu heiß.

Da löste sich unvermittelt eine Frau von ihren Freundinnen und setzte sich zu ihm auf die Holzpalette. Er musterte sie fragend, sie aber lächelte ihn nur an, zog eine Packung Zigaretten aus ihrer Hosentasche und bot ihm eine an. Er bedankte sich, aber lehnte ab. Er rauchte nicht mehr.

„Ganz schön was los hier", schrie sie ihm über Kurt Cobains Stimme hinweg zu, nachdem sie sich die Zigarette angezündet hatte.

Er nickte, nippte stumm an seinem Bier.

„Nice, dass so viele Leute hier sind. Leon freut sich sicher darüber."

„Ja", gab er knapp zurück.

Sie sah ihn von der Seite her an, gluckste, reichte ihm die freie Hand. „Dunja, übrigens. Leons Cousine. Und du bist?"

Er sah zu ihr hinüber. Eine Ähnlichkeit zu Leon fiel ihm auf: dasselbe dunkle Haar. Bei ihr aber kürzer als bei ihrem Cousin. Er nahm ihre Rechte und schüttelte sie.

„Theo." Ihre Hand war weich. „Sozusagen Leons bester Freund."

Ihre Augen glitzerten und sie lachte. „Ich weiß", sagte sie. „Wir haben uns schon einmal getroffen. Damals, auf seinem 18. Geburtstag."

Ihn verblüffte ihre Art und auf einmal stimmte er in ihr Gelächter ein. Er erkannte sie jetzt von Fotos, die Leon ihm gezeigt hatte. „Tatsächlich. Was für ein Zufall." Er wurde etwas lockerer. Aber es war noch immer zu heiß und zu stickig. „Sag mal, wollen wir vielleicht lieber rausgehen und dort weiterreden?"

„Klar", willigte sie sofort ein und bedeutete ihm mit einer Geste, kurz zu warten. Sie ging hinüber zu ihren Freundinnen, wechselte ein paar Worte mit ihnen. Verstohlene Blicke zu ihm.

Kichern. Gespieltes Augenrollen von Dunja. Dann kam sie zurück und nahm ihn an der Hand.

Überrascht folgte er ihr durch die Menschen hindurch nach draußen, wo bedeutend weniger los war. Der Lärm war hier nicht so brustkorberschütternd wie im Inneren der alten Hütte im Wald. Die kalte Nachtluft tat gut. Er konnte durchatmen.

„Theo also", wiederholte sie seinen Namen und musterte ihn. „Wir haben damals auf dem Geburtstag überhaupt nicht miteinander gequatscht. Dabei kennt dich Leon doch schon so lange. In der Grundschule habt ihr euch kennen gelernt, oder?"

„Du scheinst ja ziemlich viel über mich zu wissen, obwohl du mich erst vor fünf Minuten wieder getroffen hast. Im Übrigen erinnere ich mich kaum noch an den Geburtstag. Zu viel Alkohol damals."

„Ich fühle es." Wieder lachte sie. Sie gefiel ihm. Ihre Art, ihr Aussehen. Er lächelte und überspielte dies mit einem schnellen Schluck Bier.

„Leon erzählt trotzdem viel von dir, wenn wir uns sehen."

„Seht ihr euch oft?"

„Na ja", grinste Dunja. „So oft, wie man eben nach Hause kommt, wenn man flügge geworden und die weite Welt geflogen ist." Sie verdeutlichte ihre Worte mit einer ausschweifenden Geste. „Ich bin derzeit aber mal wieder daheim. Und da wollte ich es mir nicht nehmen lassen, Leons lahme Party aufzumischen."

Die Menschen um sie herum waren nach innen gegangen. Nur noch er und sie standen draußen, abgesehen von zwei Typen im Unterholz, die was auch immer dort zu schaffen hatten. Sie schwiegen, er konnte nicht anders, als Dunja zu taxieren. Er mochte kleinere Frauen; außerdem hatte sie ein gewisses, neugieriges Blitzen in den Augen. Er fragte sich, was in ihrem Kopf vor sich ging. Bevor sie seinen durchdringenden Blick bemerkte, wandte er ihn schnell ab und ließ ihn umherschweifen.

Den Ort für seine Party hatte Leon gut ausgewählt: ein verrottender Schuppen, mitten im Wald. Ein Abhang. Unten waren Gleise. Die S-Bahn fuhr um diese Zeit nicht mehr, aber als er vorhin mit Leon gekommen war, war ein ICE vorbeigerast.

Sie warf ihre Zigarette zu Boden, trat sie aus. Stand neben ihm und blickte ihn an, auf welche Weise, konnte er nicht bestimmen. Dann lachte sie plötzlich.

„Nichts für ungut, aber mit dem Small Talk hast du's nicht so, was?" Sie machte eine wegwerfende Handbewegung. „Ist okay. Das gefällt mir. Ich mag es eh lieber, über deepere Sachen zu sprechen. Und ich würde dich gerne kennenlernen. Schließlich muss ich ja Leons Geschichten über dich überprüfen."

„Was erzählt er denn so über mich?"

„Finde es heraus." Sie grinste. „Die eine oder andere Sache ist schon dabei."

„Und was ist mit dir? Was ist, wenn ich auch *dich* besser kennenlernen will? Checken will, was für ein Mensch *du* bist?"

„Erfährst du vielleicht, wenn du mit mir redest."

„Ich verstehe. Okay. Aber nicht drinnen. Es ist viel zu laut."

Sie lachte wieder. Dann deutete sie auf eine alte, marode Holzbank, die unter dem Vordach der Hütte stand. Der blaue Lack blätterte ab.

„Hilf mir mal damit", bat sie ihn mit einem vielsagenden Augenfunkeln.

Kurz darauf trugen sie die blaue Bank gemeinsam den Abhang hinunter. Er lief voraus, passte auf, dass er im leicht feuchten Gras nicht ausrutschte. Unten angekommen wies sie ihn mit einem Kopfnicken an, die Bank an den Gleisen abzustellen. Seine halbvolle Bierflasche hatte er oben gelassen und bereute es ein bisschen: Seine Hände fühlten sich leer an.

„So. Jetzt erzähl mir was von dir und dann erzähle ich dir was von mir", sagte Dunja und setzte sich. Er zögerte kurz, tat es ihr aber gleich.

„Du weißt doch angeblich schon so viel. Was soll ich dir also noch erzählen?"

„Du kannst ja von vorne anfangen. Dann gleiche ich die Infos, die du mir gibst, mit denen ab, die ich schon von Leon über dich habe. Deal?"

„Gut, also ...", meinte er und ließ seinen hilflosen Blick die Gleise entlangwandern. „Ich heiße Theo und habe als Kind im selben Dorf wie Leon gewohnt ..."

„Dingdong. Da haben wir es schon. Theo ist dein Spitzname. So heißt du nicht wirklich, oder?"

„Ich sehe, du bist ein bisschen speziell." Er warf ihr einen grinsenden Seitenblick zu. „No offense."

„Ich werte das mal als Kompliment."

Er wusste auf einmal nicht, was genau er von ihr halten sollte. Ja, er fand sie attraktiv. Ja, er mochte ihre Art. Aber nein, er mochte die Situation nicht, dieses Spielchen, das sie mit ihm spielte. Dennoch resignierte er, ließ sich darauf ein und seufzte.

„Also gut. Mein Name ist Theodor von Hardenberg, ich bin vierundzwanzig Jahre alt, habe keine bekannten Allergien. Schuhgröße dreiundvierzig. Oh, und ich lebe derzeit in einer kleinen, mickrigen Studentenbude in der Nähe von Ingolstadt."

„Woher kennst du Leon?", verlangte Dunja zu wissen.

„Aus der Grundschule. Das hast du doch selbst vorhin ..." Er schüttelte den Kopf, rückte die Brille zurecht und wünschte sich sein Bier. „Egal. Ja, wir waren beste Freunde. *Sind* beste Freunde, immer noch, auch wenn der Kontakt wegen meines

Studiums etwas eingeschlafen ist. Entspricht das in etwa dem, was er dir von mir erzählt hat?"

„Ziemlich. Aber das ist alles langweilig. Ich will *dich* kennenlernen und nicht irgendwelche Fakten, die du mir hier aufzählst und die ich schon kenne."

„Aber genau das –" Er brach erneut ab, massierte sich die Nasenwurzel. „Gut. Aber wie genau soll ich das anstellen? Die Basics befriedigen dich ja nicht."

„Lass mich nachdenken." Sie zündete sich eine weitere Zigarette an, blies den Rauch aus ihren Nasenlöchern. Er hatte das Bild eines Zeichentrickdrachens im Kopf, den er als Kind in einem Film gesehen hatte. „Ich hab's."

„Ich bin gespannt." Er verschränkte die Arme vor der Brust, ließ den Blick über die Gleise bis in die Ferne schweifen. Die Lichter des nahen, aber um diese Zeit nicht mehr besuchten Bahnhofs schimmerten durch die Äste hindurch.

„Okay, also es sind zwei Fragen. Die erste: Wenn du irgendeine Superkraft hättest, welche wäre das?"

„Spezifiziere Superkraft", gab er zurück und verlangte dann doch nach einer Zigarette und Feuer. „Sowas Klassisches wie Fliegen? Sich beamen? Oder darf es etwas Unkonventionelleres sein?"

„Wäre vollkommen okay für mich, wenn du kreativ wirst. Tu dir keinen Zwang an." Er spürte ihren Blick, als er sich die Zigarette anzündete, und bemühte sich, sie selbst nicht anzusehen.

„Gut. Dann würde ich alle Instrumente sofort virtuos beherrschen wollen."

Sie lachte abermals. „Das kam wie aus der Pistole geschossen. Wieso ausgerechnet das?"

„Ich gehe davon aus, dass du schon weißt, warum." Der Rauch, den er nach all der Zeit wieder aus seinen Lungen entweichen ließ, ließ ihn sich schuldig fühlen. „Ich mache meinen Master in Musikwissenschaft und Musikpädagogik."

„Leon könnte etwas erwähnt haben", sagte sie beiläufig. „Das ist cool. Das ist mal was anderes als die Antworten, die ich typischerweise auf die Frage bekomme."

„Stellst du diese Frage öfter?"

Sie zog ihre Beine auf die Bank, schlang die Arme um sie. Ihr schien kalt zu sein. Er überlegte sich für einen Moment, ihr seine Jacke anzubieten, bevor ihm auffiel, dass er sie oben auf der Palette vergessen hatte.

„Kann sein." Und, nach einer kurzen Pause: „Wie gesagt, ich mag es einfach, mit neuen Leuten nicht nur über oberflächliche Scheiße zu reden."

„Neu bin ich aber nicht für dich. Der Geburtstag, und so."

„Ach komm, du Idiot, du brauchst da nicht mehr drauf rumzuhacken." Sie lachte und boxte ihm gegen den Oberarm. „Egal. Jedes Instrument beherrschen. Das ist cool. Was spielst du schon alles?"

„Ist das schon die zweite Frage?" Er ertappte sich dabei, zu lächeln, und zog schnell an seiner Zigarette. „Klavier. Seitdem ich klein bin. Später kam noch Gitarre dazu. Und Gesang. Chorleitung. Sowas."

„Und warum ausgerechnet diese Superkraft?"

„Musik hilft mir einfach, das Leben besser zu bewältigen. Ohne Musik würde ich eingehen. Und wenn ich jedes Instrument spielen könnte, könnte ich einfach noch mehr Musik machen. Verstehst du?"

Dunja nickte, antwortete nicht. Stattdessen fragte sie nach einer kurzen, spannungsgeladenen Pause: „Singst du mir was vor?"

„Lieber nicht. Sonst bist du wieder ganz schnell oben bei deinen Freundinnen." Diesmal lachten sie beide. „Egal. Die zweite Frage?"

„Wenn dir jetzt sofort dein innigster Wunsch erfüllt werden könnte – ganz egal welcher – welcher wäre das? Bitte nur ehrliche Antworten." Erwartungsvoll funkelte sie ihn an.

Das war schwer. Einen Job finden. Nein, erst einmal das Studium beenden. Und genauer: einen Job finden, der nicht brotlos war. Vielleicht irgendwann eine Familie gründen. Gleichzeitig: das Leben genießen, solange er es ohne Verpflichtungen konnte. Routine würde früh genug kommen. Sein Bier. Keine zweite Zigarette jedenfalls.

Er schüttelte den Kopf. „Ich kann das gerade nicht beantworten. Impliziert das nicht, dass man schon einen ‚innigsten' Wunsch hat? Mir fällt aber gerade keiner ein. Ich bin an sich mit allem zufrieden, was ich gerade habe."

„Du musst doch aber wollen, dass irgendetwas unbedingt in Erfüllung geht, oder so."

„Du sagst es doch gerade selbst: *oder so*. Du kannst wahrscheinlich nicht einmal deinen eigenen innigsten Wunsch definieren, oder?"

„Doch", sagte sie schnell und leise. „Doch, ich wüsste, was ich antworten würde."

Er betrachtete sie eingehend. Jäh war ihre ganze Ausstrahlung ins Gegenteil gekippt, von offen und freundlich zu in sich gekehrt und nachdenklich, fast melancholisch. Er wollte sie berühren, traute sich aber nicht.

Stattdessen räusperte er sich und fragte möglichst sanft: „Willst du, ähm – sollen wir dazu übergehen, dass ich mehr von dir erfahre? Also, Dunja … was ist dein innigster Wunsch?"

„Uff." Sie streckte sich, steckte sich eine weitere Zigarette an. Lächelte nicht mehr. „Du siehst die Gleise vor dir, oder?

Und bevor du meinst, dass ich suizidal bin oder so: Nein, ich will mich nicht vor den Zug werfen." Er war froh über diese Anmerkung. Für einen Augenblick hatte sich etwas in ihm verkrampft. „Nein, so ist das nicht. Weißt du, für mich waren Gleise irgendwie schon immer etwas Faszinierendes."

„Wie kommt das?" Der Umschwung von der fröhlichen zur nachdenklichen Dunja hatte ihn aus dem Konzept gebracht. Er fühlte sich mit einem Mal fremd hier.

„Keine Ahnung. Vielleicht liegt es daran, dass ich als Kind nie so viel Zug gefahren bin. Erst, seitdem ich nicht mehr daheim wohne, mühe ich mich regelmäßig mit der Deutschen Bahn ab, weil ich kein Auto habe. Und dann haben wir mal im Deutschunterricht eine Kurzgeschichte aus der Nachkriegszeit gelesen und mein Lehrer hat gesagt, dass Gleise und Zugfahren und all das als ein Symbol für Ausweglosigkeit zu interpretieren sind. Ich habe ihm da überhaupt nicht zugestimmt und mich mit ihm angelegt. Schienen und Bahnhöfe hätten eher den Charakter von Aufbruch, von etwas Neuem. Verstehst du?"

Er nickte. „Schon. Für die Zeit nach dem Krieg wird die Interpretation deines Deutschlehrers aber schon stimmen."

„Darum geht es mir ja gar nicht. Soll er doch vor sich hindeuten, was er meint. Für mich selbst sind Gleise jedenfalls ein Zeichen für Aufbruch. Und vielleicht auch für Fernweh. Sehnsucht nach dem Fremden." Sie machte eine ausladende Geste. „Ein Zug, der vom Bahnhof aufbricht. Ins Unbekannte fährt, irgendwohin. Eine richtig romantische Vorstellung."

„Das ist dein innigster Wunsch." Es dämmerte ihm. „Oder? Irgendwohin ins Unbekannte. Aufbruch aus deinem Alltag."

„Exactement." Sie lächelte wieder. So gefiel sie ihm viel besser. „Und? Habe ich deine Kreativität damit ein bisschen angeregt? Hast du mittlerweile einen Wunsch gefunden?"

Er schwieg. Überlegte nicht lange. Er wollte *sie*, gestand er sich ein. Er wollte ihre Hand nehmen, seine eigene Hand an ihre Wange legen, lehnte sich schon ein wenig nach vorne dafür – aber bevor er es konnte, stand Dunja unvermittelt auf und strahlte ihn an.

„Lass uns gehen. Einfach an den Schienen entlang, bis wir nicht mehr können."

„Wie viel hast du schon getrunken?" Er lachte aufgrund dieses plötzlichen Tatendrangs. Meinte sie das ernst?

„Nein, jetzt komm schon!" Sie grinste, packte ihn an den Handgelenken und zog ihn auf die Beine. „Das muss kein Wunsch bleiben. Wir können einfach hier loslaufen und irgendwo stehen bleiben. Niemand würde uns aufhalten."

„Was ist mit Leon? Er würde uns bestimmt vermissen. Er fragt sich bestimmt sowieso schon, wo wir sind. Und selbst wenn wir jetzt einfach losgingen, würden wir nur entweder in Nürnberg oder in München rauskommen, je nachdem, in welche Richtung wir laufen."

„Ach komm, du beschissener Realist." Sie ließ ihn los, lächelte, aber etwas stimmte nicht: Ihre Mundwinkel waren falsch. Im Dickicht der Äste waren zwei leuchtende Scheinwerfer auszumachen. „Ich mag dich, Theo. Du bist cool. Und ich frage dich hier, ob du mit mir meinen *innigsten* Wunsch erfüllen möchtest und du nimmst mich nicht ernst."

„Ich nehme dich ernst. Und es ist nicht so, dass ich ihn dir nicht erfüllen will", unterbrach er sie. „Er ist nur so ... so verrückt."

„Manchmal ist es ganz okay, verrückt zu sein, Theo." Sie lächelte wieder, melancholisch. „Also", sagte sie dann. „Was ist dein innigster Wunsch?"

Er hielt ihre Idee für absurd, aber ertappte sich einen Moment dabei, auf ihren Vorschlag einzugehen, nur, damit sie nicht mehr so traurig aussah. Es kostete ihn einige Überwindung, aber er hob seine Hand und ließ sie durch ihr Haar fahren. „Weißt du", sagte er, „ich mag dich auch. Ich kenne dich zwar erst so richtig seit einer halben Stunde, aber ich finde dich interessant und attraktiv und ..."

„Ich verstehe", sagte sie, trat einen Schritt zurück. Der ICE raste an ihnen vorbei. Dunja schaute ihm in die Augen und ließ sich, als der letzte Waggon sie passiert hatte, erneut auf die blaue Bank fallen. „Du willst nicht mit mir aus dem Alltag ausbrechen, aber du willst mich im Bett."

„So ist das nicht, um Gottes willen, ich –" Sie lachte nur laut, deutete ihm mit einem Klopfen aufs Holz an, sich wieder zu ihr zu setzen. Er blieb stehen.

„Ich werte das als Kompliment. Wirklich." Sie sah ihn an, bot ihm abermals eine verdammte Zigarette an. Er lehnte ab. „Ich finde dich auch interessant, Theo. Leon hatte vollkommen recht damit, dass du ganz cool bist. Ich nehme es dir auch nicht übel, dass du mir meinen Wunsch nicht erfüllen willst."

Er hob an, zu protestieren. Sie schüttelte aber den Kopf, blies grinsend den Rauch aus der Nase. Schon wieder war sie der Drache aus seiner Kindheit. Ein zweites Mal klopfte sie auf das Holz. Diesmal setzte er sich. Er legte seinen Arm auf die Lehne der blauen Bank, und zu seiner Überraschung rutschte sie näher zu ihm und legte ihren Kopf auf seine Schulter.

„Scheint so, als würde heute kein Wunsch in Erfüllung gehen, was?", stellte sie fest, nachdem sie einige Minuten lang schweigend dagesessen waren und auf die Gleise gestarrt hatten. Er sah sie an, unterdrückte schon die ganze Zeit, ihr durchs Haar zu streichen. „Ich wollte hier weg. Du wolltest, dass ich bleibe, weil du *mich* wolltest. Ist doch so, oder?"

Er nickte. Nicht ertappt. Traute sich endlich, die Hand in ihre Haare gleiten zu lassen, was ihr ein Kichern entlockte.

„Dachte ich es mir doch." Sie warf ihren Zigarettenstummel auf die Gleise, wo er mitten auf dem Stahl liegen blieb. „Tut mir leid, Theo, aber das wird nichts. Ich bin lesbisch."

Er nickte nur erneut. Er streichelte weiter durch ihr Haar. Die Worte trafen ihn erstaunlicherweise weniger, als er gefürchtet hatte. Aber schließlich bat er sie doch noch um eine weitere Zigarette.

Ἔλεος καὶ Φόβος

„Nein." Seine Worte klangen ungläubig, er überspielte seine Überforderung mit einem Lachen. „Ach Quatsch. Das sagst du doch jetzt nur, weil du noch niemanden im Bett hattest und deswegen glaubst, dass du so bist."

„Ich meine es ernst." Er umklammerte seine Bierflasche, fühlte sich unwohl in der Küche, die er schon von klein auf kannte. Er hatte gehofft, dass er es zumindest tolerieren würde, wenn nicht gleich akzeptieren.

Kilian lachte wieder, trank von seinem Bier. „Nein, nein, nein. Das bist du nicht. Ich kenne dich doch. Du hast doch damals so für Alma geschwärmt. Du bist nicht so."

„Hör auf damit. Ich war mir in meinem Leben bei noch keiner Sache so sicher wie darin. Ich weiß, es kommt vielleicht überraschend für dich. Aber es ist so. Ich dachte, ich sage es dir. Du bist mein bester Freund. Und ich fand einfach, du solltest es wissen."

Kilian hörte auf zu lachen, trank schweigend. Er wich Neros Blick aus, sagte einige Zeit lang nichts mehr und schließlich: „Das ist nur eine Phase. Ganz sicher. Du hast mir so oft gesagt, dass du was von Alma willst."

Nero seufzte, verdrehte die Augen und stellte bestimmt seine Flasche auf den Tisch. „Das ist keine Phase. Ich weiß es schon länger. Mir fiel es nur sehr schwer, mit mir selbst ins Reine zu kommen. Deswegen habe ich das mit Alma gesagt. Weil ich mir selbst nicht sicher war."

„Vielleicht bist du einfach nur neugierig, es mal mit einem Typen zu versuchen?"

„Kili, komm, lass es sein. Ich muss mich dir gegenüber nicht rechtfertigen. Mich wundert es, dass du so abwehrend reagierst. Ich verlange ja nichts von dir. Ich möchte nur, dass du weißt, was Sache ist." Ihm tat Kilian mehr leid, als dass Nero ihm seine Reaktion übelnehmen konnte.

„Weiß es deine Mom schon? Oder bin ich der Erste?"

„Meiner Mom habe ich noch nichts erzählt. Sie würde mir wahrscheinlich den Kopf abreißen. Aber Jana weiß davon. Sie hat mich auch darin bestärkt, dass ich es dir endlich sagen soll."

Kilian lehnte sich zurück, fuhr sich mit den Händen über die Stirn und verschränkte dann die Arme im Nacken; pustete die Luft aus seinen Lungen und sah Nero lange an.

„Bist du dir sicher? Ich meine −"

„Ganz sicher", unterbrach ihn Nero.

Kilian nickte, mehr zu sich selbst als zu seinem besten Freund. Nero trank einen Schluck. Er war froh, dass er es gesagt hatte. Und es war ihm egal, welchen Ausgang das alles haben würde: Die Worte, die er ausgesprochen hatte, konnte er nicht mehr zurücknehmen.

Da stand Kilian wortlos auf, verschwand auf die Terrasse und steckte sich eine Zigarette an. Nero blieb in der Küche sitzen, wartete auf ihn und darauf, was er sagen würde; erinnerte sich zurück ans letzte Schuljahr, als sich jemand aus der Parallelklasse geoutet hatte. Als Kilian sich ein paar anderen Jungs angeschlossen hatte und diese Person als Schwuchtel beschimpft hatte. Ihm Drohbriefe zugesteckt hatte. Jedes Mal den Hintern bedeckt hatte, als er an der Person vorbeigegangen war. Einmal hatte er sogar den Sportlehrer gefragt, ob sich die

Person nicht lieber bei den Mädchen umziehen könne, da sie ja nicht in die Jungenumkleide gehöre.

Kilian kam zurück, setzte sich ohne ein Wort an seinen Platz und trank den Rest seines Bieres in einem Zug leer. Dann schüttelte er den Kopf.

„Ich kann das nicht glauben. Du verarscht mich."

„Ich verspreche dir hochheilig, dass ich dich nicht verarsche. Nimm es hin oder tu es nicht; ich habe es dir gesagt und damit ist es für mich abgeschlossen."

„Aber *warum* hast du es mir gesagt?" Jäh trat ein Ausdruck des Entsetzens in Kilians Gesicht. „Du willst was von mir, oder?"

Neros Mitleid wandelte sich in Verwirrung. „Was? What the hell, Kili, ich hab doch gesagt, du bist mein bester Freund und –"

„Dein bester Freund. So, so. Witzig, ich habe schon gemerkt, dass du mich manchmal komisch angeschaut hast. Aber ich hätte niemals gedacht, dass du das tust, weil du eine verdammte Schwuchtel bist. Dass du da Hintergedanken hast."

„Kili, was zur Hölle? Ich will nichts von dir. Ich erwarte nichts von dir. Nur vielleicht ein bisschen Verständnis." Er konnte nicht böse sein, trotz des verletzenden Wortes. Auch nicht enttäuscht. Er hatte Mitleid mit Kilian, damit, dass er sich offenbar fürchtete, nein, sich ekelte davor, wer Nero war.

Kilian schwieg wieder. Schüttelte den Kopf. Nero kam die Küche so fremd vor, obwohl er in ihr so oft nach Übernachtungen gefrühstückt hatte; obwohl er so oft an eben dem Platz gesessen war, an dem er jetzt saß, und den Hund von Kilians Eltern gestreichelt hatte.

„Ich mache dir das Gästebett fertig", sagte Kilian übergangslos und erhob sich.

„Was zur Hölle", wiederholte Nero, denn sie schliefen schon seit der Grundschule in einem Bett, wenn sie beieinander übernachteten. „Kilian, was ist plötzlich los mit dir?"

„Dasselbe könnte ich dich fragen", bekam er als Antwort, bevor sein bisher bester Freund im Türrahmen und aus seinem Leben verschwand.

Von der kleinen Prinzessin

Es war einmal eine kleine Prinzessin, die war sehr neugierig. Sie lebte zusammen mit ihrer Mutter in einer Stadt, die weder klein noch groß war. Der Vater der Prinzessin lebte nicht bei seiner Familie. Eines Tages hatte die Muter ihn angeschrien: „Du beschissener Betrüger, ich will deinen Arsch nie mehr in meinem Leben sehen!" und ihm einen Kaffeebecher hinterhergeworfen, als er ihr den Mittelfinger gezeigt und sie zurückgelassen hatte.

Nun lebte die kleine Prinzessin also zusammen mit ihrer Mutter. Seitdem der Vater nicht mehr bei ihnen war, trank diese oft bittere Getränke und saugte an rauchenden, weißen Stängeln. Die Prinzessin mochte weder den Geschmack der Getränke noch den Gestank der Stängel, weswegen sie die meiste Zeit in ihrem kleinen Zimmer saß und mit den beiden Puppen spielte, die sie besaß.

Die kleine Prinzessin ging jeden Tag in die Schule, auch wenn die Mutter gesagt hatte, dass sie nicht dort hingehen musste. „Der beschissene Staat macht dich sowieso nur zu seiner Sklavin", sagte diese nämlich immer und fuchtelte mit dem glimmenden Stängel in der Hand herum. Aber die kleine Prinzessin mochte die Schule trotzdem.

Eines Tages, als sie auf dem Weg dorthin an einer Ampel warten musste, fiel ihr ein offenes Tor auf, das in einen Hof führte, der von hohen Mauern umschlossen war. Der Hof war sehr schön: Es gab einen blauen Pavillon, ein paar Bänke und ein Tischchen. Außerdem gab es viele bunte Blumenbeete und Büsche und ein großer, alter Baum spendete seinen Schatten. Am anderen Ende des Hofs war ein Haus, hinter dessen Fenstern die Prinzessin Menschen herumspazieren sah.

Weil sie diesen Hof so schön gefunden hatte, lugte die Prinzessin von nun an auf dem Weg in die Schule immer in ihn hinein. Sie wunderte sich, dass nie ein Mensch auf den Bänken saß. Ihre Neugier trieb sie fast dazu, sich in den Schatten des Baumes zu setzen und in einem Schulbuch zu lesen. Aber die Mutter hatte ihr verboten, Umwege zu laufen, und betonte stets, möglichst schnell nach Hause zu kommen, sonst würden böse Männer ihr Schlimmes antun. Und weil die kleine Prinzessin auf die Mutter hörte, um sie nicht wütend zu machen, setzte sie ihre Neugier nie in die Tat um.

Aber als sie eines Tages auf dem Nachhauseweg und voller Stolz war, weil die Lehrerin ihr ein eigenes Buch geschenkt hatte, in dem sie nach Lust und Laune lesen konnte, und wieder in den Hof sah, saß dort ein alter Mann auf einer Bank unter dem Baum. Vor ihm war ein Etwas mit Rollen, an dem er sich festhielt. Erstaunt blieb die Prinzessin stehen.

Da entdeckte sie der alte Mann und winkte ihr lächelnd zu. Weil die Prinzessin aber nicht zurückwinkte, rief er ihr fröhlich zu: „Na, junge Dame? Hast du noch nie einen Senioren gesehen?"

Die Prinzessin traute sich nicht, zu antworten, denn die Mutter hatte gesagt, dass sie nicht mit fremden Menschen sprechen durfte.

Sogleich sagte der alte Mann: „Ich heiße Herbert. Und du?"

„Jacqueline", sagte die kleine Prinzessin und sofort schlug ihr das Herz bis zum Hals. „I-ich muss jetzt aber weiter nach Hause, sonst …"

„Ich verstehe." Der alte Mann winkte ihr noch einmal zu und wünschte ihr einen guten Nachhauseweg.

Kaum war die Prinzessin daheim und hatte gesehen, dass die Mutter mit einer Flasche von der bitteren Flüssigkeit in der Hand auf dem Sofa vor dem Fernseher eingeschlafen war, verschwand sie in ihrem Zimmer. Der alte Mann ging ihr nicht aus dem Kopf. Obwohl die Mutter gesagt hatte, dass Fremde böse seien, hatte er sehr nett ausgesehen. Jetzt kam sie sich etwas schlecht vor, weil sie sich nicht getraut hatte, länger mit ihm zu sprechen, und nahm sich vor, es nachzuholen, falls sie ihn wiedersehen würde.

Tatsächlich saß der Mann am nächsten Tag zur selben Zeit im Schatten des Baumes auf der Bank, als sich die kleine Prinzessin auf dem Nachhauseweg befand, und wieder winkte er ihr zu. Diesmal traute sie sich und winkte zurück, auch wenn ihr das Herz wieder heftig pochte.

„Jacqueline war dein Name, oder?", fragte der alte Mann und lächelte. Wieder stand vor ihm das komische Ding mit den Rollen. Die kleine Prinzessin hatte es schon einmal bei der Großmutter gesehen, bevor sie an etwas gestorben war, was die Mutter „Scheißkrebs" genannt hatte.

Überrascht nickte die kleine Prinzessin und fragte: „Woher weißt du noch meinen Namen? Du bist doch schon alt!"

Da musste der alte Mann laut lachen. „Ich sehe zwar schon alt aus, aber im Kopf bin ich noch fit, junge Dame!"

„Was macht dann zwanzig mal drei?" Die kleine Prinzessin lachte sich ins Fäustchen; sie glaubte nämlich nicht, dass der alte Mann eine so schwierige Rechenaufgabe lösen konnte.

„Das macht sechzig, meine Liebe", antwortete der Mann sofort und die kleine Prinzessin öffnete verblüfft den Mund. „Siehst du? Auch wenn ich alt bin, bin ich noch nicht ganz dement."

„Was heißt das?"

„Das heißt, dass dein Hirn langsam verschwindet und du irgendwann nicht mehr richtig denken kannst." Dabei deutete er mit dem Zeigefinger an seine Stirn. Die kleine Prinzessin wusste nicht, was sie schlimmer fand: dass ein Gehirn verschwinden konnte oder dass der Finger des Mannes so zitterte.

„Aber genug davon. Das musst du noch nicht verstehen." Der alte Mann lächelte und der kleinen Prinzessin wurde dabei ganz wohlig. „Kannst du schon lesen, junge Dame?"

„Ja! Ich habe heute von meiner Lehrerin sogar ein Buch geschenkt bekommen", berichtete die kleine Prinzessin stolz. „Meine Mama will mir nämlich keine Bücher kaufen. Jetzt kann ich immer lesen, wenn ich will, nicht nur in der Schule!"

„Deine Mama möchte dir keine Bücher kaufen?" Der alte Mann zog erstaunt die Augenbrauen nach oben. „Das ist aber nicht sehr nett von ihr. Bücher sind doch etwas so Tolles. Weißt du was? Komm doch her zu mir und erzähle mir etwas von dem Buch, das dir deine Lehrerin geschenkt hat."

Das Herz der kleinen Prinzessin schlug schneller. Sie schüttelte heftig den Kopf und sagte: „Meine Mama hat mir verboten, auf fremde Leute zu hören. Die sind nämlich böse und wollen mir wehtun."

Da lachte der alte Mann wieder laut. „In dieser Hinsicht hat dir deine Mama einen sehr guten Ratschlag gegeben. Aber ich will nur ein bisschen mit dir reden. Ich habe den ganzen Tag nichts zu tun. Mir ist so langweilig. Komm doch her und leiste mir nur für fünf Minuten etwas Gesellschaft."

Die kleine Prinzessin zögerte kurz, aber eigentlich hatte der alte Mann recht. Sie kannte ja seinen Namen, und er kannte ihren, und deshalb waren sie keine Fremden mehr. Somit brach sie nicht das Verbot der Mutter. Außerdem sah der Mann viel zu alt und viel zu freundlich aus und auch ein bisschen traurig;

wahrscheinlich, weil er niemanden zum Reden hatte. Ihre Neugier obsiegte also und sie schritt durch das Tor in den schönen Hof. Sie setzte sich neben dem alten Mann auf die Bank unter dem Baum und holte das Buch heraus, das ihr die Lehrerin geschenkt hatte.

„Ah! *Der kleine Prinz*. Das Buch habe ich auch schon gelesen. Mehrfach sogar!"

„Wirklich?"

„Natürlich! Ich habe früher sehr viel gelesen, meine Liebe. Ich habe sogar an einer Universität den Studenten beigebracht, wie man richtig in solchen Texten liest. Aber seit ein paar Jahren werden meine Augen immer schlechter. Eigentlich trage ich eine Brille, aber wenn ich die zu lange trage, fange ich an zu weinen. Und deshalb kann ich nicht mehr so viel lesen."

„Wirst du deshalb traurig, weil du nicht mehr lesen kannst?"

Der alte Mann lachte. „Nein, nein. Es strengt nur meine Augen zu sehr an."

„Was ist eigentlich dieses Ding mit den Rollen?"

„Das Ding hier heißt Rollator, meine Liebe. Das brauche ich, damit ich laufen kann."

„Du brauchst das zum Laufen?", wiederholte die kleine Prinzessin verblüfft.

„Ja", bestätigte der alte Mann. „Mir fällt das Laufen viel schwerer als früher. Mein Kopf mag noch fit sein, aber mein Körper lässt nach." Er schüttelte den Kopf. Dann sagte er: „*Der kleine Prinz* also. Ist das Buch nicht noch etwas zu schwer für dich?"

„Ich verstehe die Geschichte nicht ganz", gab die kleine Prinzessin zu. „Aber ich finde die Bilder toll und lerne ganz viele neue Wörter!"

„Hmm", machte der alte Mann. „Weißt du was? Ich habe ganz viele Bücher, die vielleicht einfacher zu verstehen sind. Es sind zwar ganz alte Bücher, aber die Geschichten sind trotzdem wundervoll. Wenn du möchtest, kann ich dir ein paar davon schenken."

Die kleine Prinzessin riss den Mund auf. „Das würdest du tun?", rief sie freudig. „Aber du kennst mich doch gar nicht!"

„Oh doch. Wir kennen doch gegenseitig unsere Namen." Der alte Mann zwinkerte ihr zu und die Prinzessin musste kichern, weil auch er wusste, dass man einander nicht mehr fremd war, wenn man den Namen des anderen kannte. Der Mann klatschte in die Hände und lächelte. „Ich würde sagen, dass wir uns morgen noch einmal treffen und ich dir dann ein paar Bücher mitgebe. Jetzt solltest du aber nach Hause gehen, sonst macht sich deine Mama noch Sorgen."

Er stand mit zitternden Armen und Beinen auf und begleitete die Prinzessin mit der Hilfe des Rollators – sie hatte sich den Namen des Etwas gemerkt – bis zum Tor. Sie hatte Mitleid mit ihm. Er streckte ihr die rechte Hand hin.

„Bis morgen, Jacqueline, du kleine Dame. Zur selben Zeit am selben Ort", sagte er lächelnd.

Sie nahm seine Rechte und schüttelte diese glücklich, bevor sie nach Hause eilte. Es war sehr spät, aber die Mutter schlief schon wieder auf dem Sofa. Auf dem Tischchen davor war ein Glas, das mit roter Flüssigkeit gefüllt war, und eine grüne Flasche stand daneben. Erleichtert darüber, dass die Mutter sie nicht schimpfen konnte, verschwand die kleine Prinzessin in ihrem Zimmer, las in ihrem Buch und freute sich darauf, ihren neuen Freund morgen wiederzusehen.

Am nächsten Tag lächelte die kleine Prinzessin schon in der Schule die ganze Zeit. Ständig sah sie auf die tickende Uhr an der Wand über der Tür, weil sie es kaum erwarten konnte, den alten Mann zu treffen und neue Bücher zu bekommen. Als der

Gong ertönte, packte sie ganz schnell die Sachen in den Ranzen und verließ als erstes Kind das Klassenzimmer.

Wieder saß der alte Mann im Schatten des Baumes und winkte ihr zu; aber diesmal zögerte die kleine Prinzessin nicht, sondern ging schnellen Schrittes gleich zu ihm. Auf der Bank lag ein Stapel von sehr alten Büchern.

„Sind die für mich?", fragte sie erstaunt und zählte die Buchrücken, sieben Stück an der Zahl. „Willst du mir die echt schenken?"

„Oh ja, meine junge Dame. Ich bin schon alt. Ich brauche sie nicht mehr. Und außerdem habe ich sie schon sehr oft gelesen. Dieses hier ist besonders schön." Er nahm ein Buch mit einem ockerfarbenen Umschlag, auf dem ein Mädchen mit struppigen Haaren und einem ihm viel zu großen Mantel abgebildet war. „*Momo*. Das ist eine ganz tolle Geschichte."

„Worum geht es in dem Buch?", fragte das Mädchen.

„Es geht um eie junge Dame, so wie du eine bist, und es lebt in einer ganz großen Stadt in einem Amphitheater?"

„Was ist ein Am-phi-the-a-ter?" Das Wort klang schwierig in den Ohren der kleinen Prinzessin.

„Das ist ein Theater, draußen im Freien, und es ist wie großer Kreis in die Landschaft gehauen. Die Wände sind aus Stein und es geht Stufe für Stufe, wie eine Treppe, hinunter zum Boden, wo dann früher die Schauspieler gespielt haben. Die alten Griechen und Römer haben dort ihre Theaterstücke aufgeführt."

„Und das kleine Mädchen lebt in so einem Am-phitheater?" Die kleine Prinzessin mochte das Wort: Amphitheater. Sie nahm sich vor, es morgen der Lehrerin zu sagen.

„Ganz genau. Das Mädchen, Momo, wie das Buch, kann ganz gut zuhören, sodass irgendwann alle Menschen aus der großen Stadt zu ihr kommen und mit Momo sprechen wollen.

Und sie hilft allen mit ihrer Gabe gerne. Aber eines Tages kommen böse Männer in die Stadt, die Grauen Herren, und sie wollen, dass die Menschen ihre Zeit lieber bei ihnen in der Zeitsparkasse anlegen als bei Momo. Das tun die Menschen leider auch, und irgendwann können sie sich nicht mehr freuen und die schönen Dinge im Leben genießen."

„Was meinst du damit?" Die kleine Prinzessin mochte es, dem alten Mann zuzuhören. Sie wünschte sich, dass er ihr den ganzen Tag Sachen erzählte oder ihr aus den Büchern vorlas.

„So etwas wie Musik und Bücher und Bilder. Oder auch schöne Gespräche, so wie wir gerade eines führen." Der alte Mann lächelte. „Aber wie es weitergeht, musst du selbst herausfinden." Und damit drückte er der kleinen Prinzessin *Momo* in die Hand.

So sprachen sie dann über die anderen Bücher und irgendwann war der Schulranzen der kleinen Prinzessin so voll, dass sie ihn kaum noch tragen konnte. Sie vergaßen die Zeit und nach fast einer Stunde sprang die Prinzessin erschrocken auf und rief: „Oh nein! Meine Mama wird sich fragen, wo ich bin!" Und sie bedankte sich hastig bei dem alten Mann für die Bücher und umarmte ihn sogar und versprach, sich morgen wieder mit ihm zu unterhalten.

Zuhause aber wartete bereits die Mutter. Sie hatte wieder ein Glas mit der roten Flüssigkeit in der Hand und aus ihrem Mundwinkel hing einer der glimmenden, rauchenden Stängel. Sie sah sehr böse aus und schrie mit merkwürdiger Stimme: „Da bist du ja, du kleines Scheißding! Hab ich dir nicht gesagt, dass du gleich nach der Schule nach Hause kommen sollst? Wo bist du so lange gewesen?"

Die kleine Prinzessin wollte etwas sagen, aber da hatte die Mutter ihr schon eine Ohrfeige gegeben. Weinen musste sie aber erst, als die Mutter ihr den Schulranzen vom Rücken riss, ihn erstaunt anstarrte und und verlangte, dass die Prinzessin ihn ausleerte, weil er so schwer war.

Als die Mutter die Bücher sah, tobte sie und gab der kleinen Prinzessin eine weitere Ohrfeige. „Von wem hast du diesen Scheiß?", kreischte sie wütend und die rote Flüssigkeit aus dem Glas schwappte auf den Boden. „Hast du mir Geld gestohlen, du kleine Schlampe? Damit du dir so einen Scheiß kaufen kannst? Bücher?! Oder hast du die gestohlen?"

„Nein, nein!", rief die kleine Prinzessin weinend und versuchte, ihre Bücher zu retten, aber die Mutter trug sie bereits ins Wohnzimmer, wo der Kachelofen knisterte. „Nein, nein!", rief sie immer wieder und konnte nur machtlos zusehen, wie die Mutter die Ofentür öffnete und die Bücher achtlos ins Feuer warf. Die Flammen leckten an den schönen Seiten und fraßen sie eine nach der anderen auf.

„Bücher! Dass ich nicht lache! Wirst du auch zu einem so beschissenen Wichser wie dein Vater, der ständig nur vor seinen Büchern saß und sich nicht für mich interessiert hat?" Und als die Mutter schließlich auch *Momo* in das Feuer warf, heulte die kleine Prinzessin verzweifelt auf. „Sag schon, du Scheißding, von wem hast du die?"

„V-von einem alten M-Mann", wimmerte die Prinzessin die Wahrheit, weil sie wusste, dass die Mutter sie noch mehr hauen würde, wenn sie log. „Er sitzt immer unter einem Baum in einem Hof in der Nähe der Schule und −"

„Leck mich doch am Arsch, verdammte Scheiße!", schrie die Mutter und packte die kleine Prinzessin so fest am Handgelenk, dass es wehtat, und schleifte sie in den Flur, wo sie sie zwang, sich die Schuhe anzuziehen, und dann nach draußen. „Wir gehen jetzt sofort zu diesem alten Sack und dann reiße ich ihm so den Arsch auf, dass er sich nicht mehr an kleine Mädchen rantraut!", keifte sie dabei.

Und während sie den Weg vom Zuhause zum schönen Hof liefen, weinte die Prinzessin bitterlich an der klammernden Hand der Mutter. Die Menschen, die ihnen entgegenkamen, schauten bald bemitleidenswert, bald besorgt und bald gar nicht, während die Mutter schwankend die kleine Prinzessin und die kleine Prinzessin ihre Traurigkeit hinter sich her zog.

Der alte Mann saß noch im Hof. Als er die kleine Prinzessin erkannte, lächelte er im ersten Augenblick fröhlich und winkte ihr zu, doch als er die tobende Mutter bemerkte, ließ er die Hand in der Bewegung sinken und sein Lächeln verblasste.

„Ist er das?", kreischte die Mutter und die kleine Prinzessin nickte schluchzend. „Du pädophiles Arschloch, was fällt dir ein, dich an meine Tochter ranzumachen?"

„Meine Dame, ich fürchte, hier liegt ein Missverständnis vor", gab der alte Mann ruhig zurück und stand zitternd auf, indem er sich am Rollator festhielt. „Die Anschuldigungen, die Sie mir hier an den Kopf werfen, scheinen in meinen Augen nicht gerechtfertigt zu sein."

„Halt deine beschissene Fresse!" Die Mutter kam bedrohlich auf ihn zu. „Beschissene Bücher! Früher mit Süßigkeiten, heute mit Büchern?! Ihr Pädophilen werdet immer verrückter!"

„Sie sind die Mutter der jungen Dame hier, oder?" Der alte Mann lächelte der kleinen, weinenden Prinzessin zu, und da weinte sie noch mehr, weil sie nicht verstand, wie er so ruhig bleiben konnte. „Ihre Tochter scheint ein großes Interesse an Literatur zu haben. Ich habe nur versucht, ihr ein Portal in die wunderbare Welt der Buchstaben zu öffnen. Das scheint nämlich nicht in Ihrem Interesse zu sein, gnädige Frau."

Und die Mutter gab einen tosenden Laut von sich, sodass sich selbst die Vögel von den Ästen des Baumes über ihnen, empört zwitschernd, in die Lüfte erhoben. Sie spuckte dem alten Mann ins Gesicht und brüllte: „Du hast mir überhaupt nicht zu sagen, wie ich meine beschissene Tochter zu erziehen habe, du pädophiler Wichser!"

Und sie stieß den alten Mann demonstrativ von sich; dieser aber konnte sich nicht mehr am Rollator festhalten, stürzte und fiel mit einem schmerzhaften Knacken zu Boden, der Rollator klirrend neben ihm.

Erstaunten Gesichtes sah er hinauf zur Mutter und die kleine Prinzessin weinte noch bitterlicher, wo sie doch schon geglaubt hatte, nicht bitterlicher weinen zu können. Der alte Mann blickte mit einem traurigen Gesichtsausdruck zur Prinzessin empor.

Die Mutter trat noch einmal, zweimal, dreimal gegen den Bauch des Mannes. Mit jedem Tritt entwich diesem ein Ächzen. Dann machte die Mutter auf dem Absatz kehrt, die Prinzessin hinter sich her zerrend. Diese blickte l zu dem alten Mann zurück, der nicht mehr aufstehen konnte, wie sehr er es auch versuchte, und stellte erschrocken fest, dass auch ihm eine Träne über die Wange lief.

Und wenn sie nicht gestorben sind, dann weinen sie noch heute.

II

Wann nun das Bedürfnis der Erwärmung sie wieder näher zusammenbrachte, wiederholte sich jenes zweite Übel; so dass sie zwischen beiden Leiden hin und her geworfen wurden, bis sie eine mäßige Entfernung voneinander herausgefunden hatten, in der sie es am besten aushalten konnten. –

— Arthur Schopenhauer: Die Stachelschweine.

Ménage à trois

Ich realisiere nicht, was passiert ist. Der Zigarettenrauch tut gut in meinen Lungen, obwohl ich mir gleichzeitig wie ein vermenschlichtes Klischee vorkomme: die Zigarette danach. Ein Klassiker. Eigentlich rauche ich nicht, oder eher: nur selten; auf Partys, wenn ich zu betrunken bin.

Es ist bewölkt, weder Mond noch Sterne sind zu sehen. Ein paar Schneeflocken fallen vom Himmel herab. Es ist kalt in der Wohnung, weil wir das Fenster geöffnet haben, an dem wir nun stehen. Unten fahren noch vereinzelt Autos vorbei, gegenüber brennt kein Licht mehr in der Fassade. Kein Wunder, ist es spät in der Nacht.

Oh, der Rauch tut gut, verdammt. Ich hoffe, dass er ein bisschen wie ein Katalysator für mein Hirn wirkt. Damit ich endlich in den Schädel kriege, was passiert ist. Ich habe zwar immer gedacht: Sowas ist sicherlich ganz nett. – Aber nicht, dass ich wirklich irgendwann in meinem Leben darin involviert sein könnte, geschweige denn heute mit – nun ja.

Wir beide sind noch nackt und so am Fenster ist es kalt, aber hey, wenigstens ist das Schamgefühl verflogen. Sie ist vorhin auf die Toilette verschwunden und rumort jetzt in der Küche herum. Ich hoffe, es hat ihr gefallen. Es war merkwürdig, so das erste Mal in der Hinsicht, aber egal, passiert. Beim nächsten Mal wird es besser funktionieren, jetzt, wo ich weiß, wie es generell funktioniert, so zu dritt.

Fast muss ich lachen. Beim nächsten Mal? Zu dritt. Ja, tatsächlich hat sie vorhin den Vorschlag gemacht, dass man das ab jetzt regelmäßig machen könnte. Wow. So hätte ich sie vor ein paar Wochen nicht eingeschätzt, als wir unser erstes Date hatten, oder was auch immer es gewesen war.

Sie hat mich vorhin vollkommen damit überrumpelt, nach unserem heutigen Date, unserem Pseudo-Date. Als wir da unten standen, auf dem Bürgersteig, und sie mir gebeichtet hat, dass sie eigentlich in einer Beziehung sei und ihr Freund oben auf uns warte. Ob das für mich in Ordnung sei, hat sie gefragt, und ich war zu perplex oder sie hatte zu gute Überzeugungskünste, ja, dann irgendwie hat sie mich dazu gebracht, dass ich Ja sage, ja. Ja. Keine Ahnung, wie, aber ihr Charme hat die Scham wohl überspielt, keine Ahnung. Ja.

Und so stehe ich als Fast-Nichtraucher an ihrem Fenster, nackt, zusammen mit ihm, und wir warten darauf, dass sie zurück ins Schlafzimmer kommt, und ich speziell darauf, was jetzt noch kommen kann – und darauf, dass ich alles endlich wahrhaftig begreife. Schon als wir über die App zu chatten begonnen haben, mochte ich sie. Nicht nur für den Sex, nein, ganz im Gegenteil, ich konnte und kann mir eine feste oder eine halbwegs feste Beziehung mit ihr vorstellen.

Dass ihr Freund eben hier am Fenster stehen würde, hätte ich zugegebenermaßen nicht gedacht, als ich sie vorhin zuerst im Café getroffen habe und als wir dann zusammen zum Asiaten gegangen sind. Sie hat meine Nähe gesucht, mit ihren Blicken und ihren Berührungen, das habe ich deutlich gemerkt, genauso wie die Tatsache, dass ich sie wirklich mag, dass sie nicht nur ein One-Night-Stand wie die anderen sein sollte. Ich habe es auch schon bei unseren Pseudo-Dates davor gemerkt.

Ich fröstle. Ein paar Schneeflocken sind ins Zimmer und auf meine Brust geweht. Dass ihr Freund hier stehen würde, dass sie mir unten vor der Haustür sagen würde, dass sie mit ihm schon seit fast acht Jahren zusammen war, dass ihm unsere Treffen bekannt seien und dass er offen für die Sache sei, die sich gerade ereignet hat, all das hätte ich nicht gedacht. Ihre Augen, die mir schon auf den Bildern aufgefallen sind, die wir ausgetauscht hatten, waren heute Abend noch viel blauer, als es die Kamera festhalten kann; sie strahlen geradezu. Und, bei Gott und diesem Zigarettenrauch, ihr Lächeln. Ihr Lächeln, ihr verdammtes Lächeln, ja, da war es um mich geschehen.

Ihr Freund wirft den Zigarettenstummel aus dem Fenster, ich schicke mich also an, auch fertig zu rauchen, ich als Pseudo-Raucher. Schlecht sieht er nicht aus, soweit ich das beurteilen kann, und schlecht war er auch nicht. Groß, athletisch. Das Gegenteil zu mir selbst, dem schlaksigen, dürren Informatiker. Noch ein vermenschlichtes Klischee.

„Willst du noch eine?", fragt er freundlich, geradezu normal, als würden wir hier nicht nackt sein, nachdem er mich und sie angefasst hat und –

„Danke, alles okay", antworte ich und frage mich, wie ich genauso normal antworten kann, als sei es das Selbstverständlichste auf der Welt, mit dem festen Freund seiner ehemals potenziellen neuen Beziehung am Fenster zu stehen und zu rauchen.

Er nickt, streckt sich und setzt sich auf die Bettkante. Ich bleibe stehen, um die eisige Nachtluft zu atmen, nachdem auch ich meinen Stummel runter auf die Straße geworfen habe.

„Wie fühlst du dich?", fragt er plötzlich. Sie ist immer noch in den Tiefen der Wohnung verschwunden. „Dein erstes Mal in der Konstellation, oder?"

„Ich realisiere alles noch nicht so richtig", antworte ich mit der Wahrheit. „Ist das okay für dich? Das alles?"

„Ist schon passiert, oder?", entgegnet er und lacht. „Nein, wirklich. Ich habe mit ihr lange und ausführlich darüber gesprochen. Das Interesse ist bei uns beiden dagewesen und in einer so langen Beziehung sollte sowas nicht nur eine Fantasie bleiben, wenn beide Bock darauf haben."

„Du hast irgendwie recht." Auch ich lächle jetzt, muss ich gestehen. Ich finde ihn sympathisch, kann mir eine Freundschaft mit ihm vorstellen, ihm, meinem Konkurrenten aus dem Nichts oder Kameraden oder Liebhaber oder in welcher Hinsicht wir auch immer jetzt zueinander stehen, nachdem es passiert ist und wir nackt und wie selbstverständlich darüber reden.

„War es in Ordnung? Dass ich … na ja."

Ich gehe ein paar Schritte von der Kälte am Fenster weg und auf ihn zu. Ich wiege den Kopf hin und her und kann nichts antworten, weil alles nicht wahrheitsgemäß wäre. Ja? Nein. Doch. Ich weiß es nicht.

Er zuckt die Achseln. „Ist auch egal, Mann. Ist passiert, wie gesagt. Jetzt kann man es eh nicht mehr ändern. Ich wollte mich eigentlich zurückhalten, weil ich nicht wusste, ob du auch bi bist. Aber ganz ehrlich, du siehst gut aus, du bist cool, und irgendwie hat es mich wahnsinnig erregt, weil wir uns gar nicht kannten."

Als sei alles nicht schon komisch genug, so komisch, dass wir vollkommen offen und normal und ehrlich sprechen können. Also lache ich nur unbeholfen und weiß nicht so recht, wie ich das alles kapieren soll. Die Sache an sich, das Gespräch gerade, das Kompliment eben.

„War es für dich wirklich okay, dass wir uns ohne dich getroffen haben?", hake ich interessiert weiter nach.

„Schon. Wie gesagt, dass wir uns nicht kennen, macht für mich irgendwie den Reiz aus. Ich bin nicht schnell eifersüchtig, oder so. Ich habe von ihr nur verlangt, dass sie noch nicht mit dir vögeln soll, wenn ich nicht dabei bin. Ich wollte auch was von dir haben." Er zwinkert mir zu. Mir sollte warm werden, aber es ist zu kalt. Mein T-Shirt –

„Ich finde es interessant, dass die Anonymität dich mehr antörnt." Er antwortet nicht und grinst nur. Ich weiß nicht, wie ich zu all dem stehen würde, wenn ich in seiner Situation wäre, aber hey, ich habe mir auch nie konkrete Gedanken darüber gemacht. Bis vorhin war es für mich nur ein Wunschdenken, eine, nein: *die* Männerfantasie. Auch, dass die Konstellation aus uns beiden und ihr besteht, dass beide mit mir Dinge getan haben, die ich so noch nicht im echten Leben kannte, nahm und nehme ich nicht als komisch wahr.

Was schlimm ist, ist jedoch der Gedanke, der sich in mir langsam aufbläht wie ein Ballon. Dass ich sie nie so haben kann, wie ich sie mir gewünscht habe: als Partnerin. Als ich mir die verdammte App gedownloadet habe, auf Anraten eines Kumpels, habe ich nicht mehr nach One-Night-Stands gesucht, sondern nach Frauen, für die etwas Ernstes infrage kommen würde. Die Zeit von mehreren Betten pro Woche, von besoffenem, schnellen Sex sollte vorbei sein. Dachte ich zumindest.

Und auf einmal realisiere ich es, pralle mit voller Wucht gehen die Erkenntnis. Ich hatte Sex, mit ihr, mit ihrem Freund, zusammen mit beiden. Jackpot, könnte man meinen, etwas pikant zwar, aber man könnte. Und ich realisiere auch, dass ich die Zuneigung, die ihr verdammtes Lächeln und ihre sprechenden Augen in mir haben wachsen lassen, das ich eben diese Zuneigung – nie so bekommen kann, wie ich sie mir wünsche. Dass ich immer das dritte Rad am Wagen bleiben werde, auch wenn ich schwach werden und auf ihren Vorschlag eingehen sollte, dass wir das ab jetzt regelmäßig tun, zu dritt, hier in diesem Schlafzimmer und auf diesem Bett.

Sie kommt endlich zurück, ebenso nackt wie wir. Das Licht von draußen fällt auf ihre Brüste und ich empfinde gleichzeitig ein tiefes Begehren als auch eine gewisse Abscheu.

Sie lächelt. Verdammt. Sie lächelt, als sie zurück ins Bett steigt, und sie lächelt, als er neben sie gleitet und sie in seine Umarmung und seine Küsse, die ihren Körper umfassen.

Begehren. Abscheu. Gleichzeitig.

Ich fröstle wieder, will aber das Fenster nicht schließen. Mein T-Shirt, wo −

Ich kann das nicht, sage ich innerlich zu mir selbst. Ich will mehr als das dritte Rad sein. Ich will sie berühren, so wie er es gerade tut, er, der mich sympathisch findet, der gesagt hat, ich sähe gut aus, ich sei cool, dass ihn das Unbekannte reize.

Ich will ihr verdammtes Lächeln, für mich allein.

Ich will ihre Brüste küssen, allein, ihre Brüste, so wie er.

Scheiße, es wird echt kalt hier drinnen.

„Kommst du?", fragt sie mit leiser Stimme, mit diesem Lächeln, diesem *verdammten* Lächeln. Seine Hände fahren an ihren Seiten hinab, zwischen ihre Beine. Sie keucht.

Ich zögere. Da ist es.

Ich schließe das Fenster, sperre die Kälte aus, ziehe wortlos mein T-Shirt an und −

Fixstern

It's a reason to smile. It makes tomorrow alright.
— Sara Goldfarb.

Sie wusste, dass etwas nicht stimmte. Sie wusste nicht, warum sie es wusste, es war eher instinktiv, aber sie wusste es. Schon als sie die Treppen hinauf in den fünften Stock gestiegen war, hatte sie ein ungutes Gefühl gehabt, ganz plötzlich. Und jetzt, als sie den Schlüssel in ihrer Handtasche suchte, hatte sich dieses ungute Gefühl zu einem unangenehmen Dröhnen entwickelt, zu einem beklemmenden Druck auf ihrer Brust.

Sie hatte schon vorhin geahnt, dass sie ihn lieber nicht allein lassen sollte. Dass sie das Treffen mit ihrer alten Freundin verschieben sollte, auch wenn es bereits seit Wochen geplant war. Aber sie hätte ihn nicht allein lassen dürfen, in dem Zustand, in dem er sich seit der Hiobsbotschaft am Morgen befand.

Der Flur war dunkel, aus dem Wohnzimmer drang dagegen gedimmtes Licht. Der Fernseher lief nicht, es war generell viel zu still in der Wohnung. Sie zog sich nicht einmal die Schuhe aus, sondern warf lediglich die Tasche und die Schlüssel auf die Kommode.

Er saß auf dem verdreckten Boden. Die verschlissenen Vorhänge, die sie bald wechseln wollte, waren zu gezogen. Das dämmrige Licht kam von der billigen Stehlampe, über die er, wohl im Rausch, eine dünne Decke geworfen hatte. Vor ihm auf dem Couchtisch standen Flaschen, bunt zusammengetragener Alkohol, einige davon leer. Nur das stille Wasser war halb voll. Daneben, etwas abseits von den Flaschen, ein Löffel, auf dem die getrockneten Rückstände einer goldgelben Flüssigkeit klebten, ein Beutel mit Pulver und eine offenbar erst kürzlich benutzte Spritze.

Ihr Helferinstinkt war im ersten Moment größer als der Rest des emotionalen Cocktails, der das dräuende Gefühl auf ihrer Brust vertrieben hatte. Sie war mit wenigen Schritten bei ihm, prüfte erst seinen Puls, dann seinen Atem, der viel langsamer ging als sonst, aber zum Glück noch in einer akzeptablen Frequenz. Keine Überdosis also, den schlimmsten Fall konnte sie ausschließen.

„Aaron", sprach sie eindringlich auf ihn ein. „Hörst du mich? Aaron!"

Er gab zunächst keinen Ton von sich, dann schließlich ein leises Murren. Wieder sagte sie seinen Namen: „Aaron. Aaron, ich bin's. Kirsten."

„Kirsten?", murmelte er, schlug die Augen auf und sah sie direkt an. „Kirsten, bist du das? Was machst du hier?" Diese einfachen Sätze fielen ihm zäh aus dem Mund und er war sichtlich verwirrt; wohl nicht nur wegen der allgemeinen Desorientierung, die nach einem Nickerchen am Tag einsetzte, sondern vielmehr aufgrund des Stoffs, der ihm durch die Adern rauschte. Er versuchte, aufzustehen, doch sie hielt ihm am Boden vor der zerschlissenen Couch. Sie wusste nicht, wann er sich das Zeug gespritzt hatte, also konnte sie nicht mit vollkommener Sicherheit sagen, ob er sich noch mitten im Rausch befand oder ob er schon langsam ausnüchterte.

Jetzt aber, wo ihr Helferinstinkt befriedigt war, wechselte ihre innere Befindlichkeit zu dem Gefühl, das danach in ihr am stärksten war: brennende Wut, verständnislose Enttäuschung.

Und sie versuchte einen Augenblick, dieses Gemisch zu unterdrücken, tief in ihrer Brust zu verschließen.

Aber sie konnte es nicht.

Schließlich riss sie ihren Blick von ihm weg, versuchte noch, sich selbst zurückzuhalten, und verpasste ihm dann doch ohne Rücksicht und ohne Mitgefühl einen Schlag ins Gesicht.

Sofort jagte er nach oben, die Augenbrauen zusammengezogen, und versuchte, mit lahmer Zunge zu schreien: „Du verdammte Schlampe, was soll das?"

„Dasselbe frage ich dich, du Wichser!", schrie sie zurück und stand ebenfalls auf. „Ich dachte, du bist clean! Du hast mir hoch und heilig versprochen, dass du clean bist!"

Er schien sich um eine Antwort zu bemühen, zumindest um eine Formulierung in Gedanken, aber es gelang ihm nicht. Stattdessen wankte er, strauchelte und fiel rückwärts auf die Couch. Sie zuckte nicht einmal mit der Wimper.

„Ich bin clean, verdammt", brummte er trotzig und versuchte vergeblich, wieder aufzustehen. „Ich bin clean."

„Was macht dann das hier auf deinem beschissenen Couchtisch?" Sie nahm das Pulver und hielt es hoch. Dann warf sie ihm die Spritze vor die Füße und keifte: „War dir nicht wohl und du hast eine Krankenschwester gerufen, damit sie dir ein Mittel spritzt, oder was?" Sie konnte es nicht fassen.

Er drehte den Kopf zuerst von der Tüte in ihrer Hand auf die Spritze an seinen nackten Füßen, sein vernebelter Blick flackernd, und dann sagte er kopfschüttelnd: „Mein Gott, habe ich …"

„Ja, hast du!" Mittlerweile sammelten sich Zornestränen in ihren Augenwinkeln, die sie wegblinzelte. „Du warst in der gottverdammten Klinik, Aaron, ein fucking Jahr lang warst du clean und jetzt glaubst du, du musst dir wieder einen Schuss setzen?" Sie machte eine Pause. Dann fragte sie ernst: „Hattest du das Zeug all die Zeit über irgendwo versteckt? Hm?"

„Kirsten, ich ..." Seine Worte tröpfelten ihm wie dickflüssiger Sirup über die Lippen. Dann bewegten sich diese. Langsam gingen seine Mundwinkel nach oben; sein desolates Gesicht, gerahmt von den langen, fettigen Haaren, verzog sich zuerst zu einer lächelnden, dann einer immer breiter grinsenden Fratze, so lange, bis er schließlich in schallendes Gelächter ausbrach, sich schüttelte, aufstand, wankte, auf sie zukam, mit ausgebreiteten Armen, als wolle er sie umarmen.

Sie wich einige Schritte zurück, schüttelte den Kopf. Sie kannte die Wirkung von Heroin. Trance. Alles war gut, alle Sorgen und Nöte und Ängste aufgelöst unter einer warmen, opioiden Decke, in die er gewickelt war wie ein Baby in das Kuscheltuch. Die Schrecken, die der Morgen bringen würde, in weite Ferne gerückt. Sie kannte die Symptome. Sie wusste, was er gerade spüren musste, sie wusste es, aber sie fand keinen Trost darin, dass es ihm gut ging damit. Nein, es machte ihr Angst; eine so große Furcht breitete sich in ihr aus, dass sie zitterte.

„Fass mich nicht an", spie sie hervor und drehte sich von ihm weg. Sie musste ihre Enttäuschung, ihre Wut, ihre Angst und diese Glut von Mitleid, vollkommen unangebrachtem Mitleid vor ihm verstecken. „Ich kann das nicht glauben, Aaron."

„Hör zu, es war eine einmalige Sache", gab er kehlig von sich. „Ich brauche das gerade. Ich halte das sonst nicht aus."

„Ich verstehe, dass das alles gerade für dich scheiße ist. Dass du am Boden bist. Aber wieso versuchst du, es *dadurch* besser zu machen? Es mag im Moment helfen, aber du warst ein Jahr lang weg davon, also –"

„Kirsten, du hast es doch auch genommen. Aus demselben Grund wie ich heute", unterbrach er sie. Und diese Worte bewirkten, dass der Cocktail in ihrem Inneren, dieser Molotow-Cocktail, explodierte. Sie wandte sich ihm zu, konnte die Tränen nicht mehr zurückhalten.

„Ich ...", stammelte sie, wiederholte: „Ich ..."

„Du hast es auch genommen. Um dem Tod deines Bruders zu entkommen, Kirsten. Also warum ist es so schlimm, wenn ich jetzt auch allem entkommen will, heute, hm?"

Und er kam auf sie zu, immer noch mit ausgebreiteten Armen. Und sie ließ es zu. Sie ließ es zu, dass er sie umarmte, sie küsste, ihr mit seinen stecknadelkleinen Pupillen in die Augen sah und sagte: „Verzeih mir. Versteh mich bitte. Ich habe das gebraucht, dieses eine verdammte Mal heute."

Und während alle Emotionen im Fluss ihrer Tränen aus ihr hinausgeschwemmt wurden, blieben nur allein das Mitleid und die Hoffnung in ihr zurück. Verdammt. Sie konnte ihn verstehen, obwohl sie es nicht wollte.

Ihre Umarmung wurde intensiver. Sie küssten sich erneut, zogen sich an wie zwei einander gegenübergesetzte Pole, positiv und negativ, berauscht und nüchtern. Dann zogen sie sich aus und gegenseitig auf die schäbige Couch und schliefen miteinander. Beide wussten in diesem Moment nicht, weshalb: ob sie nur die Wärme eines anderen Menschen spüren wollten, ob sie, jeweils auf ihre eigene Art weggetreten, zurück ins Bewusstsein kommen wollten.

Danach lagen sie nackt und in engster Umarmung auf dem Polster, schweigend. Seine Pupillen hatten sich wieder geweitet, waren größer geworden, so wie ihre Gefühle. Sie starrte lange in seine Augen, er starrte zurück, minutenlang, immer noch kein Wort sprechend.

Schließlich brach sie das Schweigen. „Warum nicht Gras?"

Er schwieg sie weiter an, strich durch ihr Haar. Sie fragte noch einmal, diesmal bohrender: „Warum nicht Gras? Warum Heroin?"

Seufzend murrte er: „Du weißt es doch. Ich habe es einfach gebraucht. Ich musste all dem einfach für ein paar Stunden entkommen, und dafür hätte kein verdammtes Gras gereicht."

„Aber du warst clean", beharrte sie, malte kleine Kreise auf seine warme Brust. „Ich bin mit dir nach der Klinik nur zusammengekommen, weil wir uns versprochen haben, auch clean zu bleiben."

„Ich *bin* clean", beharrte er, schien von ihren Kreisen auf seiner Brust genervt zu sein. „Fuck, Kirsten, ich habe das nur heute getan. *Heute.* Ich verspreche es." Er schob ihre Finger von seiner Brust. „Gib doch zu. Du hättest es auch getan, oder?"

„Was?" Nun strich sie seine Hände aus ihren Haaren. „Ich will nichts mehr damit zu tun haben. Das Zeug hat schon einmal mein Leben ruiniert und ich bin froh, dass ich es wiederaufbauen konnte, Aaron. Mit dir." Sie setzte sich auf. „Ich weiß, was es anrichtet. Ich habe nur Angst um dich, dass ich dich nun wieder an es verliere."

„Von dem einen Mal wird man nicht wieder abhängig."

„Warum hast du dann so viel noch in dem Beutel? Wenn du es nur ein Mal wieder tun wolltest?" Sie blickte auf das Pulver auf dem Couchtisch.

„Hör auf, so bescheuerte Fragen zu stellen", fuhr er sie mit lauterer Stimme an. „Ich muss mich nicht rechtfertigen, was ich zu tun und zu lassen habe. Warum glaubst du mir nicht, hm? Vertraust du mir nicht, oder was ist los?!"

„Ich glaube dir nicht, weil du sonst wieder in die Klinik musst, du Arschloch!", schrie sie. Da war sie wieder: die Wut und die Enttäuschung. Der intime Moment war zerbrochen, der Cocktail schwelte.

„Gott, Kirsten, fuck!" Er stieg vom Sofa und starrte sie entgeistert an. „Was soll ich jetzt tun? Es ist schon passiert, ich kann mir die fucking Spritze nicht mehr in den Arm rammen und es wieder rausziehen!" Er begann, um den Tisch zu tigern, und strich sich mit schwitzigen Händen die Strähnen aus dem Gesicht.

„Klar kannst du das nicht mehr rückgängig machen", erwiderte sie und ihre Stimme zitterte. „Nein, was mich stört sind zwei andere Sachen: Erstens, woher hast du das Zeug? Ich weiß, ich wiederhole mich, aber – hattest du es irgendwo versteckt?"

„Das geht dich einen Scheißdreck an! Ich muss mich dir gegenüber nicht rechtfertigen, und ich *wiederhole mich, ich weiß*!"

Sie nickte nur, ließ die höhnische Nachahmung ihrer selbst an sich abprallen. Jetzt war sie sich immerhin sicher: Er musste es tatsächlich irgendwo die ganze Zeit über versteckt haben.

„Okay. Dann zweitens: Warum bist du so schwach?"

„Du hättest es auch getan, Kirsten", brüllte er, riss die Decke vom Lampenschirm und diese um. Das Licht erlosch, nur noch das Licht der Laternen von draußen drang geisterhaft in den Raum.

„Du bist schwach", sagte sie leise.

„Meine verdammte Schwester ist heute gestorben!", explodierte er. „Du hast noch deine verdammten Eltern, und ich habe niemanden mehr, verdammte Scheiße!" Er sackte mit dem Rücken gegen die Wand und rutschte daran zu Boden. Für einen kurzen, nichtigen Augenblick stoben wieder Funken von der Glut des Mitleids durch sie. „Ich habe niemanden mehr, Kirsten."

„Mein Bruder ist damals gestorben. Ja, deshalb habe ich es genommen, Aaron. Aber ich bin nicht nur clean und will das auch bleiben", sagte sie gnadenlos, „Nein, der feine Unterschied besteht darin, dass er nicht an einer verdammten Überdosis verreckt ist, so wie deine Schwester." Und, den Beutel mit dem Pulver nach ihm werfend, fügte sie hinzu: „An einer Überdosis von genau dieser Scheiße, die du dir vorhin selbst in den Arm gespritzt hast. Wie erbärmlich und heuchlerisch kann man eigentlich sein, Aaron?!"

„Halt einfach deine Fresse, Kirsten. Sei einfach still, Gott, verdammt." Er sprang auf die Beine, durchquerte den Raum und schlug sie mitten ins Gesicht. Es tat nicht weh, es überraschte sie mehr.

„Ich werde mir von einem rückfälligen, gewalttätigen Junkie nicht den Mund verbieten lassen", sagte sie, rieb sich ihre Nase, aus der Blut lief, erhob sich endlich von der Couch, klaubte ihre Klamotten vom Boden. „Wir drehen uns sowieso nur im Kreis mit dieser ganzen Diskussion." Sie zog sich an, wandte sich dem Flur zu.

„Ich bin kein Junkie", sagte er bestimmt. „Und verzeih mir, dass ich dich geschlagen habe, dich beleidigt habe, dich –" Er verschluckte sich an seiner Spucke und hustete. Sie blieb im Türrahmen stehen. „Es tut mir leid. Ich liebe dich doch."

Für ein paar Augenblicke hing gespanntes Schweigen im Raum, dünn und fragil wie eines der Spinnennetze in den Zimmerecken. Dann sagte sie, ohne sich zu ihm umzudrehen: „Ich weiß. Ich weiß, dass du mich liebst. Aber ich weiß nicht, ob ich das noch erwidern kann." Und sie nahm ihre Handtasche und ihre Schlüssel von der Kommode und öffnete die Eingangstür.

„Du hast es dir auch gespritzt!", versuchte er es ein letztes Mal. Seine Stimme hallte geisterhaft im Treppenhaus wider. „Du warst ganz unten nach dem Tod deines Bruders, und das Zeug hat dir geholfen, für ein paar Stunden all die Scheiße zu vergessen. Warum verstehst du es also nicht, wenn ich –"

„Fick dich."

Sie verließ die Wohnung und ließ die Tür hinter sich ins Schloss fallen. Zorn packte ihn, er packte eine leere Schnapsflasche, warf sie ihr hinterher gegen die Wohnungstür, wo sie in Splitter zerbrach. Dann sank er auf die Couch und vergrub das Gesicht in seinen Händen.

Er wollte nicht zwei Frauen am selben Tag verlieren.

Nach einigen Minuten setzte er sich gerade hin, schloss die Augen und atmete tief durch. Ja. Vielleicht lag es einfach nur am Tag selbst. Das musste es sein. Vielleicht war dieser heutige Tag von vornherein dazu bestimmt gewesen, so zu verlaufen. Morgen würde es besser werden. Aber bis morgen waren es noch einige Stunden. Also –

Er zögerte nicht lange. Er nahm die Wasserflasche vom Tisch und wog sie einige Sekunden hin und her. Dann hob er Beutel und Spritze auf. Er hatte noch etwa, was diese paar Stunden erträglich machen konnte, was alles in Ordnung bringen würde. Alles würde in Ordnung sein, ja, alles, morgen.

Morgen

Lord, I'm fine. Maybe in time you'll want to be mine.
— Gorillaz: El Mañana.

Sie stand im leichten Schneefall vor dem Bahnhofsgebäude und rauchte, während sie wartete. Sie wusste nicht, wer sie abholen würde, und vertraute schlicht darauf, dass sich die entsprechende Person schon zu erkennen geben würde.

Als sie das verhasst-bekannte Auto auf den Parkplatz rollen sah, kochten ihre Eingeweiden auf. Bitte nicht. Sie hätte es sich denken können, verdammt. Jeder, aber bei Gott, nicht er. Wütend warf sie die Zigarette zu Boden und trat sie aus.

„Dein Shuttleservice", sagte der Mann hinter dem Steuer. Es war wohl auflockernd gemeint, sollte das Eis brechen, auf eine witzige Art und Weise. Sie fand er geschmacklos, ehrenlos, pietätlos. Am liebsten wollte sie gar nicht einsteigen, aber es war immer noch besser, als mit den Öffentlichen dort hin zu fahren.

„Wie geht es dir?", fragte der Mann, als er wieder auf die Straße bog. Sie antwortete nicht. Sie konnte nicht fassen, dass sie nach all den Jahren wieder neben ihm saß. Dass er sie ansprach, als sei gar nichts gewesen.

„Ich weiß, es ist komisch, dass ich dich abhole, nach allem, was zwischen uns beiden geschehen ist", unterbrach er ihr Schweigen. „Deine Tante hat mich aber gefragt, ob ich das erledigen könnte. Sie muss gerade noch einige Sachen klären."

Sie schaute aus dem Fenster, auf die vorbeifliegenden Häuser, und versuchte, ihm nicht zuzuhören, sondern sich auf das Lied im Radio zu konzentrieren. *Erledigen.* Als wäre sie ein Punkt auf einer To-do-Liste, ein notwendiges Tagesübel, das man schnell abhakte, bevor man mit den wichtigen Dingen weitermachte.

„Ich finde es schön, dass du trotzdem gekommen bist. Es muss sehr schwer für dich gewesen sein und du hast bestimmt auch an sich genug zu tun in deiner Ausbildung, also –"

„Du merkst doch, dass ich nicht reden möchte."

„Ich weiß. Aber trotzdem, ich wollte dir nur sagen, dass ich es sehr schätze, dass du da bist."

„Es geht um meine Mutter", war ihre schlichte Antwort. Dass er im Ernst auch nur daran dachte, dass sie nicht kommen würde, ließ die Wut in ihr nur weiter kochen.

Die beiden schwiegen einige Zeit lang. Sie hörte dem fast klagenden Sänger zu. Sie verstand nicht, was er sang, sie verstand nicht, warum er überhaupt Musik angemacht hatte. Geschmacklos, ehrenlos, pietätlos.

„Dein Piercing sieht gut aus", zersplitterte er abermals die Stille. „Das an deiner Unterlippe. Wann hast du es dir stechen lassen?"

Sie blickte ihn an, erst irritiert, dann gefasst. „Kurz, nachdem ihr beide euch habt endlich scheiden lassen. Das Geld hast du mir zum Start meiner Ausbildung überwiesen." Es gab ihr eine gewisse Genugtuung, ihm das unter die Nase zu reiben.

„Hm", machte er bloß und fragte nicht weiter.

Sie explodierte.

„Was genau willst du eigentlich von mir? Du holst mich ab und tust so, als würdest du dich für mich und mein Leben interessieren. Wo war dieses Interesse in den letzten drei Jahren? Ach, was rede ich: Meine gesamte Kindheit hast du mich wie Luft behandelt, und dann tauchst du auf wie aus dem Nichts, ausgerechnet heute!"

„Ich habe dir jeden Monat Unterhalt und dein Kindergeld zukommen lassen. Sogar noch einen Bonus obendrauf."

„Leck mich. Du glaubst immer noch, dass du dir so meine Zuneigung hättest kaufen können? Glaubst du, dass Geld mir das zurückgeben kann, was ich als Kind von dir nicht bekommen habe?" Sie schnalzte verächtlich mit der Zunge. „Aber so war das ja immer. Geld. Du dachtest, Geld könnte die Menschen um dich herum glücklich machen. Dass es dir die Liebe deines Kindes erkaufen kann."

„Hör mal", erwiderte er ruhig und drehte die Musik leise, erwürgte den Klagesänger inmitten seines Gesangs. „Ich weiß, es ist eine schwere Situation für dich. Ich höre, dass sich viel in dir aufgestaut hat. Lass uns doch bitte die kommenden Stunden friedlich verbringen, zumindest bis nach dem Essen, und dann werde ich dich in Ruhe lassen. Für immer, wenn du willst. Danach kannst du mich so sehr hassen, wie du willst."

„Du kapierst es nicht." Ihr rannen Zornestränen über die Wangen. „Du kapierst es einfach nicht." Sie wandte sich von ihm ab und sah wieder aus dem Fenster, wo ihre schwarze Gestalt in der Spiegelung mit dem regen Schneefall draußen kontrastierte. Sie waren der Innenstadt mittlerweile entkommen und auf eine Autobahn im Süden der Stadt gefahren, die sie in ihre einstige Heimat bringen würde, diesem verschlafenen Vorort.

„Melanie", sagte er nach einer langen Zeit, in der nur das Räderrollen zu hören gewesen war. „Ich weiß, dass ich nicht der beste Vater gewesen bin."

„Ach."

„Und auch wenn du es mir nicht glauben wirst: Ich habe euch trotzdem geliebt. Über alles habe ich euch geliebt: deine

Mutter und dich. Und bevor du mir ins Wort fällst –", sagte er schnell, als sie wieder ihren Mund öffnete, „– lass mich bitte ausreden und hör mich an. Zumindest heute."

Er versperrt mir den Mund, so wie früher.

„So im Rückblick sehe ich, dass ich öfter für euch hätte da sein sollen. Nein, müssen. Aber ich musste damals das Haus abbezahlen. Deine Mutter konnte nicht arbeiten gehen. Ich musste das irgendwie selbst schaffen und dazu noch ihre Behandlung und ihre Medikamente bezahlen. Aber ich habe das für euch getan, weil ich euch geliebt habe.

Nach der Arbeit war ich einfach zu erschöpft, als dass ich mich ins Familienleben hätte einbringen können. Ich habe Überstunde um Überstunde gemacht, die vielen Nebenjobs gemanagt für euch, damit es dir und deiner Mutter gut geht. Ich bin nicht für euch da gewesen. Aber das tut mir heute leid, so unendlich leid. Ich wünschte, ich könnte das irgendwie wiedergutmachen, aber ich weiß auch, dass es dafür zu spät ist. Es tut mir so, so leid."

Immerhin gab er es zu. Auch wenn das nicht reichte.

„Ich habe nicht an die Gegenwart gedacht. Das ist es", fuhr er fort, mit gerunzelter Stirn. „Ich habe immer nur über das Morgen nachgedacht. Kann ich das alles abbezahlen? Reicht es sowohl für das Haus als auch die Behandlung? Wie nimmst *du* das alles auf? Wirkt sich das auf die Schule aus? Schaffst du deinen Abschluss, wenn daheim alles drunter und drüber geht? Wie sieht deine Zukunft aus? Die deiner Mutter? Meine?

Ich weiß, dass alles mit dir in Ordnung ist. Du hast eine gute Ausbildung, du verdienst dein eigenes Geld. Aber, auch wenn ich das nicht zeigen konnte, habe ich mir in den letzten drei Jahren große Sorgen um dich gemacht." Er warf ihr ein trauriges Lächeln zu. „Melanie, was ich sagen möchte, ist ... bitte rede heute mit mir, ganz normal, als dein Vater. Nur heute. Morgen steigst du wieder in den Zug und lässt mich zurück."

Sie schwieg. Sie versuchte, ihn zu verstehen. Sie versuchte es wirklich. Sie verstand seine Worte, aber nicht, was er mit ihnen bezwecken wollte. Da war noch etwas. Das konnten nicht nur die Reflexionen eines gebrochenen Mannes sein. Er musste auf mehr damit abzielen. Er war schon immer ein Manipulator gewesen. Sie konnte nicht entscheiden, ob es bloß eine Rechtfertigung für sein Verhalten in der Vergangenheit war oder ob er etwas anderes wollte.

Schließlich sprach sie genau diese Gedanken aus: „Ich versuche, dich zu verstehen, aber ich kann es nicht. Du meinst, du hast dich aufgearbeitet, weil du uns liebst, aber dann lässt du dich von ihr scheiden, als es ihr schlecht ging. Als es mir selbst schlecht ging. Also warum kommst du mir jetzt so? Mit dieser Heuchelei? Warum jetzt, wo du es sowieso nicht mehr gut machen kannst? Warum heute?"

„Vielleicht genau deswegen. Ich kann es nicht mehr gut machen, vor allem heute nicht mehr, da hast du recht. Aber bevor ich es unausgesprochen lasse, bevor das auf ewig zwischen uns beiden steht – ich hoffe wahrscheinlich, dass wir dadurch eine Lösung für uns beide finden." Er verstummte und schüttelte den Kopf. „Aber was mache ich mir vor. Du wirst morgen in den Zug steigen und dann werde ich dich nie mehr sehen, oder? Du wirst den Kontakt abbrechen, und ich kann es dir nicht einmal verübeln, nach all dem."

„Schön und gut", sagte sie tonlos. „Wenn du deine Gefühle aussprechen willst. Trotzdem, für mich kommt das wie Kalkül rüber. Ein letzter Versuch, deine Tochter für dich zu gewinnen, nachdem du es nie geschafft hast. Aber ich kann auf dein scheinheiliges Getue verzichten, vor allem jetzt, da Mama ..."

Wieder spürte sie Tränen heiß über ihr Gesicht laufen. Sie waren in der Zwischenzeit von der Autobahn abgefahren und rollten durch eine Wohnsiedlung.

Er antwortete lange nicht, bis er letztlich auf den Parkplatz bog. Dann flüsterte er leise, melancholisch: „Du bist so störrisch wie deine Mutter."

„Lieber störrisch als ein Einzelgänger, der nie für seine Familie da war, auch wenn er es in seiner verqueren Denke ganz anders sieht." Seine Worte hatten sie getroffen, sie verletzt. Sie waren geschmacklos, ehrenlos, pietätlos.

Sie riss die Autotür auf und stieg aus. Bevor sie sie zuknallte, warf sie ihm an den Kopf: „Wenn dir wirklich was an Mama und mir gelegen hätte, hättest du schon früher mehr an das Heute und nicht nur an das Morgen denken sollen. Sprich nicht mit mir. Nicht heute. Nicht morgen. Nie mehr."

Er blieb allein im Auto, stützte seine Stirn auf das Lenkrad und konnte es nicht über sich bringen, ihr hinterher zu sehen, wie sie über den Parkplatz zum Tor ging.

Dann schüttelte er den Kopf. Er war ein Idiot. Sie hatte Recht. Er hatte gehofft, sie würde ihn verstehen. Aber es war in Ordnung. Er hatte schon erwartet, dass sie ihm keine zweite Chance geben würde. Es hätte nie funktionieren können, war nur frommes Wunschdenken gewesen.

Nach einigen Minuten stieg auch er aus, verriegelte das Auto und folgte ihr durch das Tor auf den Friedhof.

Komm, süßer Tod

Das war's. Es geht zu Ende. Tropf, tropf, tropf. Das ewige Tropfen der Infusion, das mir in den letzten Wochen so sehr auf die Nerven gegangen war, macht mir nichts mehr aus. Ich höre die Maschinen nicht mehr, nicht mehr das Piepen, das mit der Zeit unregelmäßiger und langsamer geworden war.

Das war's. Es geht zu Ende.

Und ich bin ein Idiot.

Ich bin kein religiöser Mensch. Ich bin noch nie einer gewesen. Auf dem Papier bin ich katholisch, aber seit meiner Firmung habe ich keinen Fuß mehr in eine Kirche gesetzt. Als Kind war ich dort gewesen, Mama zuliebe. Sie hat immer gesagt: „Du musst zum lieben Gott beten, damit er dich beschützt." Ich habe das schon damals nicht verstanden. Wie konnte ein alter Mann mit grauem Bart, den man nicht einmal sehen konnte, weil er angeblich irgendwo im Himmel wohnt, einen beschützen? Aber ich habe gebetet, Mama zuliebe. Ich wollte Mama nicht enttäuschen, als habe ich zu diesem alten Mann mit grauem Bart gebetet.

Jetzt bin ich selbst ein alter Mann, bartlos, dürr, nunmehr Haut und Knochen, die Adern an meinen Händen treten deutlich hervor. In ihnen stecken Kanülen, die mich mit Flüssigkeit und Schmerzmitteln fluten. Früher bin ich nie zum Arzt gegangen. Meine Frau – der alte Mann mit grauem Bart habe sie selig – hat mir immer in den Ohren gelegen, dass diese Faulheit gefährlich werden könnte, dass sich die Bronchitis auf die Lunge und das Herz legen und einen Infarkt hervorrufen könnte auf Dauer, wenn ich das nicht behandeln lasse.

Hätte ich auf sie gehört. Ich habe schon lange keine Bronchitis mehr gehabt. Aber ich habe trotzdem einen Infarkt bekommen. Nicht nur einen, nein, drei sogar. Und alle habe ich überlebt.

Und nun liege ich hier und sterbe.

Ich bin ein alter Mann. Es ist nicht verwunderlich, dass ich sterbe. Ich bin ein alter Mann von neunundachtzig Jahren. Der Tod kam in den letzten Jahren immer schneller, wie ein alter Freund, den man noch nie von Angesicht zu Angesicht getroffen hat, aber den man von klein auf kennt. So hatte er sich in den letzten Jahren angekündigt. Er kommt immer näher, je länger man lebt, das ist alles nur eine Frage des Alters. Und mit neunundachtzig Jahren wird es Zeit, ihn endlich zu treffen.

Das Sterben ist nicht schlimm. Es ist geradezu friedlich. Mit jeder Minute entspanne ich mich mehr, nehme mein Krankenhauszimmer wie durch einen meditativen Nebel hindurch wahr, verstärkt durch den Rhythmus des Piepens. Es tut nicht einmal weh. Gut, das liegt wohl an den Schmerzmitteln.

Ich liege hier seit einigen Wochen. Und schon davor habe ich gespürt, dass es nicht mehr lange dauern würde, bis ich meinen alten Freund endlich treffen würde. Dass es bald so weit sein musste. In den letzten Jahren bin ich immer öfter gestürzt und war deshalb bereits einige Male im Krankenhaus. Immerhin ist mein Gedächtnis noch in Ordnung, soweit ich das noch beurteilen kann. Bei einigen Menschen meines Alters baut das Hirn ab, bei mir eben der Körper.

Als ich vor ein paar Jahren den Rollator bekommen habe, wollte ich ihn zuerst nicht benutzen. Ich bin ohne ihm zum Supermarkt um die Ecke meines Altersheims geschlurft. Bald aber musste ich meinen Stolz ablegen, weil ich keine zwei Meter mehr ohne ihn gekommen bin. Die Ärzte haben nach meinem letzten Sturz Osteoporose diagnostiziert. Und nachdem ich mir die Hüfte gebrochen hatte, habe ich dieses verdammte Rollwägelchen und seine Begleitung auf dem Weg zum Einkaufen akzeptieren müssen. Ich kam mir vor wie ein Idiot.

Und ich bin immer noch ein Idiot.

Das Sterben tut nicht weh. Ich wünschte mir nur, es würde ein bisschen schneller gehen, damit ich keine Zeit mehr habe, den größten Fehler meines Lebens zu überdenken. Wenn man sich erst einmal darüber im Klaren ist, dass es das war, dass es vorbeigeht, dann fällt es einem nicht schwer, loszulassen. Aber ich kann noch nicht loslassen, weil ich ständig *daran* denken muss, an das, was mein sonst erfülltes Leben in meinen letzten Augenblicken überschattet.

Ich erinnere mich an die Zeit in der Schule. Ich habe nie die Begeisterung für die Künste verstanden, die meine damaligen Freunde an den Tag gelegt haben. Herbert zum Beispiel, der schon früh die Literatur lieben lernte und später eine entsprechende Professur an einer nicht gerade kleinen Universität innehatte. Nein, dafür war ich ein Ass in den mathematischen und naturwissenschaftlichen Fächern gewesen. Nach dem Abitur habe ich Pharmazie studiert und habe lange Zeit in der Herstellung neuer Medikamente gearbeitet. Als mir eine Schwester bei meiner jüngsten Einlieferung eine Pille gegeben hat, an der ich vor einigen Jahrzehnten selbst mitgeforscht hatte, hat es mich mit Stolz erfüllt, weil das Präparat nach all der Zeit immer noch im Einsatz ist. Ich habe die Tablette brav geschluckt, ein selbstloser Test, um kurz vor meinem Ableben sicherzustellen, dass ich damals nicht gepfuscht habe.

Bis auf die Ärzte, Schwestern, Pfleger und das Tropfen und Piepsen bleibt mir nicht mehr viel. Ich bin zu schwach zum Lesen und selbst zum Fernsehen; und ehrlich gesagt habe ich nicht einmal Lust darauf. Ich wünsche mir derzeit einfach nur, dass der alte Freund mich endlich einholt.

Ich bin nicht wegen der Osteoporose hier, sondern wegen der Herzkrankheit, die sich mein fragiler Körper eingefangen hat. Deshalb auch die drei Infarkte bisher. Wenn Maria gewusst hätte, dass ich im Endeffekt nicht an einer Bronchitis, sondern an einer Endokarditis verrecken würde ...

Die Entzündung wird zwar behandelt, aber ich sterbe trotzdem. Als der Arzt vor ein paar Tagen auf Visite kam und mir mit ernstem Blick mitteilte, dass ich nicht überleben würde, habe ich nur mit den Schultern gezuckt. Er war irritiert und hatte seine Aussage wiederholt und gefragt, ob ich schon ein Testament aufgesetzt hätte. Ich habe nur ein zweites Mal mit der Schulter gezuckt, habe seine Frage überhört und für meinen Teil gefragt, wie lange ich noch habe, bevor ich ins Gras beiße. Er konnte keine genaue Aussage machen. Etwa eine Woche? Es könnte zwar noch der äußerst unwahrscheinliche Fall einer spontanen Gesundung eintreten, aber die Chance sei vernichtend gering. Dann pochte er wieder auf dem vermaledeiten Testament herum. Wozu? Ich habe nicht viel und was ich habe, soll der Staat hernehmen und an Bedürftige geben.

Oder ... an meinen Sohn. Dieses verdammte Missverständnis von damals. Wir haben keinen Kontakt mehr, weil ich ihm meine eigene Sturheit vererbt habe. Und wenn zwei Böcke aneinandergeraten, kommt es nur selten zu einer friedlichen Beilegung ihres Konflikts. Ich hasse meinen Sohn nicht. Dafür bin ich zu stolz. Ich verüble ihm auch nicht, dass er den Kontakt abgebrochen hat. Er ist unser einziges Kind und ich bin zu sehr Vater, als dass ich ihm Böses wünschen könnte. Aber ich weiß nicht, warum er sich plötzlich von mir abgewendet hat, nachdem seine Mutter gestorben ist,

Mir fällt das Denken schwer, meine Gedanken sind wie Rauch, den ich nicht fassen kann. Wenigstens sehe ich nicht diesen angeblichen Tunnel mit dem Licht am Ende. Ein trauriges Bild. Was soll das bedeuten? Ist es nicht eher ein Zeichen von Gefahr, wenn am Tunnelende Licht entgegenkommt? Ein Geisterfahrer. Oder das blendende Sonnenlicht, das zum schweren Unfall führt.

Meine Frau ist vor mir gegangen. Wenn ich an das christliche Paradies glauben würde, sitzt sie jetzt in einem Park in den Wolken, wo ich sie bald wiedersehen werde. So habe ich mir das Paradies als Kind immer vorgestellt: ein schöner Park mit vielfarbigen Blumen und auf den Wolken überall schattenspendende Bäume, eine Quelle und ein kleines Bächlein. Und der alte Mann mit grauem Bart schaut über alle seine Kinder, auch über meine Frau.

Maria war wundervoll. Ich habe sie zufällig und spät in meiner Jugend kennengelernt, als ich nach dem Krieg – über den ich in meinen letzten Augenblicken wahrlich nicht nachdenken will – mit ein paar Freuden anlässlich meines dreißigsten Geburtstags in der Kneipe gewesen bin. Sie hatte davor auf ihre Freundinnen gewartet. Sie trug ein geblümtes Kleid. Ich sehe noch vor mir, wie es im Sommerwind um ihre Beine flatterte. In ihre dunklen, unergründlichen Augen habe ich mich sofort verliebt, so dämlich das klingt, in diese Augen, die unser Sohn von ihr geerbt hat.

Sie und ihre Mädchen saßen dann allein am Nebentisch. Irgendwann kamen wir alle ins Gespräch. Sie trank Wein, ich Bier, und wir haben uns von Grund auf gut verstanden. Sie arbeitete damals in einem Büro in der Nähe der Kneipe, nur zwei Straßen weiter, und sei mit ihren Kolleginnen, die alle noch nicht verheiratet waren und deshalb nicht direkt nach der Arbeit zu Mann und Küche mussten, hier, um den Feierabend ausklingen zu lassen.

Kaum war ich daheim gewesen, suchte ich auf dem Stadtplan das Büro. Am nächsten Tag ging ich früher von der Arbeit, um so lange auf sie zu warten, bis sie selbst fertig war. Sie war überrascht, überwältigt, ihre Wangen wurden rot und sie lächelte schüchtern. Ich sehe es vor mir. Wir sind zusammen ins Kaffeehaus gegangen. Kurz darauf gingen wir eine Beziehung miteinander ein, heirateten vier Jahre später – und nochmal zwei Jahre später war sie mit unserem Sohn schwanger.

Sie ist an Brustkrebs verstorben, vor acht Jahren. Nach ihrem Tod bin ich in die kleinere Wohnung im Heim gezogen und habe dort meine Tage mit Lesen und Fernsehen verbracht, also mit genau dem, zu was ich nunmehr keine Kraft mehr habe. Was sollte ich damals auch anderes tun? Meine Frau war tot. Im Krankenhaus habe ich damals meinen Sohn zum letzten Mal gesehen. Unser Verhältnis war schon zuvor seit einigen Jahren, nun, sagen wir, schwierig gewesen. Angefangen hatte es nach seiner Scheidung. Seine Ex-Frau hat die gemeinsame Tochter, meine geliebte Lara, mit sich genommen. Ich weiß gar nicht mehr, warum wir damals in Streit geraten sind, als er uns am Mittagstisch von der Scheidungsentscheidung berichtet hatte, so beiläufig, als habe er nur einen leichten Schnupfen, zwischen Erzählungen über seine Arbeit und Steuererklärung.

Wahrscheinlich bin ich einfach nur stur gewesen. Und weil er meine Sturheit geerbt hat, sind wir aneinandergeraten.

Der Kontakt zwischen uns beiden hat danach abgenommen. Seine Mutter hat er noch angerufen, aber mit mir hat er nur selten Worte wechseln wollen. Maria hatte sich bemüht, dass es zwischen uns zu beiden zu einer Aussprache kommt.

Vergeblich, natürlich. Wie gesagt: Wir sind zwei Sturköpfe. Geheiratet hat er nicht mehr, aber seit fast zehn Jahren eine Lebensgefährtin.

An Marias Todestag ist er ins Krankenhaus gekommen. Er hat mir nur kurz zugenickt, hat schweigend mit mir gewartet, nachdem er sich allein von ihr verabschiedet hatte. Danach hat er sie noch einmal gesehen, ebenfalls allein, bevor er mit verquollenen Augen wieder verschwunden war. Zu ihrer Beerdigung war er nicht da, allerdings seine Ex-Frau und Lara. Ich habe sie gefragt, ob sie wisse, wo er sei, aber es wunderte sie selbst, dass er abwesend war. Beim Totenschmaus musste ich das erste Mal offen weinen. Und es war nicht wegen Maria.

Einige Wochen später lag ein Blumenkranz auf ihrem Grab. Ohne Band, schlicht, mit ihren Lieblingsblumen. Bis heute weiß ich nicht, ob er wirklich von unserem Sohn stammte, aber ich hoffe es inständig.

Wenn ich jetzt daran denke, mit meinen immer trägeren Gedanken, macht es mich immer noch ein bisschen wütend und traurig, dass er nicht persönlich zur Beerdigung seiner eigenen Mutter gekommen ist. Andererseits kann ich ihm keinen Vorwurf machen. Hätte mich mein eigener Vater so behandelt wie ich ihn, ohne sich jemals für die Dinge zu entschuldigen, die er mir damals beim Streit an den Kopf geworfen hat, die er nie so gemeint hat, wie ich sie wohl aufgefasst habe, ja, dann hätte ich ihn auch nicht bei der Beerdigung meiner Mutter sehen wollen.

Nur, weil er sich hat scheiden lassen. Nur, weil eine Liebe nicht funktioniert hat, was heute so oft vorkommt wie Sand am Meer, was niemals so schlimm ist wie Krieg oder Mord. Wir leben nicht mehr in den 1950er Jahren.

Ich bin ein Idiot. Und jetzt geht es zu Ende. Das war's.

Ich merke, dass ich nicht mehr lange kann. Die Medikamente nehmen mir zwar die Schmerzen, aber nicht den Tod. Ich fühle mich innerlich kalt. Mein Mund ist trocken ohne Durst. Es ist bald so weit. Ich weiß es. Der alte Freund muss nur noch durch die Tür kommen und mich abholen.

Ich frage mich, ob mein Sohn überhaupt weiß, dass ich nicht mehr lange habe. Hat ihn wer informiert? Ich habe seine Telefonnummer nicht. Haben die Ärzte sie herausgefunden? Mit der ganzen Computertechnik haben sie bestimmt irgendwelche Möglichkeiten dazu.

Vielleicht ist es auch gar nicht so gut, wenn er mich noch einmal sieht. Nach all den Jahren, in denen wir uns aus dem Weg gegangen sind. Und dann sieht er, wie sein Vater im Sterben liegt, jener Mann, der ihm gesagt hat, er solle sich nicht mehr bei mir blicken lassen, er sei undankbar, er habe doch das Geschenk eines Kindes und einer Ehe. Es ist so weit. Ich habe nicht einmal mehr die Kraft zum Atmen. Kein Tunnel, kein Schmerz, nur ich und das dumpfe Piepen, das kaum durch meine Ohren in mein Hirn drängt. Ich drehe meinen Kopf mit letzter Kraft zur Tür. Der Tod tritt jeden Augenblick durch sie, nimmt mich an der Hand und führt mich fort, in jenen Wolkenpark, wo Maria auf einer Bank unter einem großen, blühenden Baum auf mich wartet. Wie ein alter Freund wir mir der Tod zuflüstern, dass nun alles gut werde, dass ich nun nicht mehr an meinen Sohn denken muss und den fatalen Fehler.

Das Letzte, was ich in dieser Welt sehe, ist, wie sich die Tür öffnet. Und erst bin ich überrascht: Das habe ich doch nur vor mich hingedacht: Der Tod wird unmöglich kommen. Und ich habe Angst und blicke in meiner letzten Sekunde in die dunklen, unergründlichen Augen Marias im Gesicht eines besorgten Mannes.

Blauwal

Der Himmel. Heute war er grau. Die Wolken zerfielen zu kleinen Schneeflocken, betteten sich auf der Erde zu ihren Brüdern und Schwestern, die von der Gefangenschaft des Himmels in die Freiheit übergegangen waren, die die Erde versprach. Und sie sah den Schneeflocken zu, durch die glaslose Fensteröffnung des Hochhausrohbaus, und dachte daran, wie sie es ihnen gleichtun würde, den schönen Kristallen.

Es war alles erledigt. Die Briefe geschrieben und verteilt. Das Foto ihrer Familie in der Innentasche des Parkas. Von den Menschen verabschiedet, die ihr halbwegs etwas bedeutet hatten, ohne allzu konkret zu werden, warum. Alles gekündigt, damit sich ihre Eltern nicht mehr darum kümmern mussten.

Sie war bereit.

Aber sie fühlte sich nicht bereit.

Fjodor war schon oben und wartete auf sie. Sie musste nicht allein zur Schneeflocke werden. Darum war sie froh. Andere starben einsam, im Krankenhaus, bei einem Autounfall. Und sie konnte sich selbst aussuchen, wie sie sterben würde.

Und doch war da dieses nagende Gefühl in ihrem Inneren, als sie sich die Betonstufen hinauf zu nächsten Treppenabsatz schleppte; und dieses Gefühl ließ sie stutzig werden und wieder Halt machen. Auch hier war ein Fenster ohne Glas.

Wenn es vorbei war, wenn sie gesprungen wäre, dann würden sich ihre Eltern und Geschwister fragen, warum sie es getan hatte. Ein junges, schönes Mädchen, gut in der Schule, mit Aussichten auf eine steile Karriere in der Stadt oder sogar im Ausland. Wenige Freunde zwar, in sich gekehrt, lieber daheim in ihrem Zimmer, aber sie stand doch blühend im Leben. *Warum hat sie das getan*, würden sie sich fragen, *sie war doch noch so jung, die ganze Welt stand ihr offen, den Männern hätte sie den Kopf verdreht!*

Es hatte alle gewundert, dass sie in den letzten Monaten nachmittags aus dem Haus ging, um sich *mit einem Jungen* zu treffen. Verliebt! Ihre Mutter war so rührselig gewesen, ihr Vater besorgt, aber musste doch lächeln, als er die Neuigkeiten gehört hatte. Ihre schöne Irina traf sich mit einem Jungen! Das wurde ja Zeit, mit siebzehn war man früher schon verlobt! Endlich wurde sie zu einer Frau!

Dieser Junge war Fjodor gewesen, und eigentlich war er schon ein Mann von zwanzig Jahren. Kennengelernt hatten sie sich in einem Internetforum, in dem sie sich angemeldet hatte, um mit anderen Leuten zu sprechen, denen es ähnlich erging wie ihr: düstere Gedanken, Strudel voller Schwärze, die sie nachts wachhielten. Und selbst wenn diese sie nicht mit auf den Grund zogen, konnte sie nicht schlafen.

Fjodor hatte sie verstanden. Die anderen Mitglieder im Forum ebenfalls, aber niemand hatte sie von Anfang an so durchdrungen wie er. Er hatte sie in einem privaten Chat kontaktiert, nachdem sie unter einem seiner Beiträge kommentiert hatte, in dem er seine Wunden gezeigt hatte. Sie öffnete sich ihm schnell. Und dann stellte sich heraus, dass er in ihrer Nähe wohnte, nur wenige Kilometer entfernt in der Großstadt.

Bei ihrem ersten Treffen gingen sie stundenlang im Wald spazieren und tauschten sich aus, zeigten sich ihre Narben, und sie hatte das erste Mal in ihrem Leben das Gefühl, dass sie jemand verstand. In den Augen ihrer Eltern und Freunde hatte sie ja alles: Sie war jung und hübsch! Sie war gut in der Schule! Warum also war sie in letzter Zeit so traurig? Es ging ihr doch gut, sie hatte keinen Grund dazu, anderen ging es doch schlechter! Fjodor hatte keine Fragen gestellt. Er hatte aufmerksam zugehört, als sie ihm ihr Herz ausschüttete. Er hatte sie ernst genommen.

Kurz zuvor hatte sie von einem Wal gelesen, der über Jahrzehnte hinweg versucht hatte, mit ihrem Artgenossen zu kommunizieren. Aber niemand konnte ihn verstehen, weil er auf einer anderen Frequenz sang als seine Artgenossen. So schwamm und sang er lange Zeit, aber kein anderer Wal kam zu ihm, und so war er stets einsam gewesen. So hatte sie sich gefühlt: wie dieser Wal. Sie meinte, sie schwämme einsam in der Finsternis des Meeres.

Das hatte sie Fjodor erzählt. Er hatte gelacht, ihre Hand genommen und gesagt: „Aber jetzt hast du doch einen anderen Wal, der deine Frequenz versteht und mit dir gemeinsam singt."

Immer weiter die Treppe hinauf, nicht stehen bleiben. Er wartete oben auf sie, musste sich schon fragen, wo sie blieb. Es fiel ihr schwer, die Füße zu heben, auf die Stufen zu setzen, erst links, dann rechts. Das Gefühl in ihrer Brust rieb sie auf. Und das Schlimmste war, dass sie nicht einmal wusste, was sie so grübeln ließ. Sie hatte doch ihren Frieden mit der Entscheidung gefunden. Sie wollten es gemeinsam tun, sie und Fjodor, so wie sie das erste Mal Liebe in ihren Leben entdeckt hatten. Wie sie das erste Mal in ihren Leben einen anderen Menschen geküsst hatten. Wie sie das erste Mal in ihren Leben mit jemand anderem geschlafen hatten.

Sie liebte ihn. Sie hätte nicht gedacht, überhaupt lieben zu können. Aber sie tat es. Und sie glaubte, dass Fjodor auch sie liebte.

Eines Abends, als sie in seinen Armen gelegen war, in der kleinen, schäbigen Wohnung in seinem kleinen, schäbigen Bett, hatte er sie gefragt, ob sie es gemeinsam tun wollen: sterben. Beiläufig, so wie er ihr die Haarsträhne aus dem Gesicht wischte oder wie sie über seine Brust streichelte. Und sie hatte Ja gesagt, ohne nachzudenken, dieses Wort, diesen kleinen Laut mit einem Kuss besiegelt und liebevoll gelächelt.

Und nun blieb sie wieder stehen, auf dem nächsten Absatz, und verfluchte sich dafür. Die Schneeflocken wurden vom Wind hin und her gerissen, konnten sich nicht retten vor seinem eisigen Griff, und ihr fröstelte.

Sie hatten es durchgesprochen, immer wieder. Sie hatten sich vorbereitet, körperlich und mental. Sie waren zu den Schienen gegangen und hatten lange das Gleisbett betrachtet und entscheiden, dass es so nicht sein sollte. Hatten gelernt, ein Seil zur Schlinge zu knoten, und auch das verworfen. Waren dann auf das Dach dieses Rohbaus gestiegen, saßen an der Kante und ließen die Beine baumeln. Hatten die Stadt überblickt und hinab gesehen in die Tiefe. Hatten sich in ihren Umarmungen gewärmt und bestärkt, als Zweifel aufkamen. Und dann entschieden, dass es hier sein sollte, der Sprung hinab zum Bauschutt.

Auch damals hatte es geschneit und er hatte grinsend gesagt, sie würden beide Schneeflocken werden und hinuntersegeln zu ihren Geschwistern, die sich auf lose Ziegelsteine und den Betonmischer gelegt hatten, und sie musste lachen. Ein schönes Bild: Schneeflocke werden, ein symmetrischer Kristall, Inbegriff natürlicher Schönheit.

„Oder bleiben wir beim Wal", war er fortgefahren und hatte seinen Kopf an ihre Schulter geschmiegt. „Wale suchen manchmal einen Stand, um zu sterben. Niemand weiß, warum, aber sie schwimmen hunderte von Kilometern, um sich das Leben zu nehmen."

„Wir sind wie die Wale", hatte sie gesagt und in seine dunklen Augen gesehen. „Da unten ist der Strand. Und wir müssen nur noch hinschwimmen."

Sie war auf dem vorletzten Treppenabsatz angekommen. Da oben war die Öffnung ohne Tür, die sie von Fjodor trennte. Sie musste nur die letzten Stufen hinauf. Dann würden sie sich lange küssen und minuten- oder stundenlang halten. Schließlich würden sie tief durchatmen, ein paar Sekunden jeder für sich, würden fest die Hand des anderen nehmen und von fünf herunterzählen, bevor sie gemeinsam über die Kante gingen. So hatten sie es beschlossen.

Aber sie stand da, die Tür ohne Tür in Sichtweite, und sie konnte sich nicht mehr rühren. Alles war geplant, alles war vorbereitet. Sie musste nicht allein sterben. Sie starb mit dem Menschen, den sie am meisten in dieser Welt liebte. Und doch zerriss das Gefühl ihre Eingeweide und ihr raste das Herz und sie ließ sich auf die Stufe niedersinken. Angst.

Im Kopf, ja, da war es einfach. Im Kopf, in der sicheren Sphäre der Gedanken, da machte es ihr nichts aus, sich vor den Zug zu werfen, den Stuhl umzukippen oder von diesem Gebäude zu springen. Aber jetzt, wo sie kurz davor stand, es zu tun, versagten ihr Körper und Geist; jede Zelle in ihr schlug Alarm. Und sie vergrub das Gesicht in den Händen und weinte, weinte so laut, dass sie die Schritte nicht hörte.

„Ist alles in Ordnung?", fragte Fjodor.

Sie sah ihn nicht an. Er ließ sich neben ihr nieder und nahm sie in den Arm, und sie schluchzte an seiner Schulter, während er sie zu beruhigen versuchte, ihr Küsse ins Haar drückte, ihr über den Rücken strich.

„Ist alles in Ordnung?", fragte er erneut.

„Nein", sagte sie. „Ich kann es nicht."

„Aber wir haben doch gesagt, dass wir es tun."

„Ich weiß. Aber ich kann es nicht."

„Wovor hast du Angst? Ich bin bei dir. Wir werden zu Schneeflocken. Wir schwimmen an unseren Strand."

„Ich kann es nicht."

Da löste er sich aus der Umarmung und stand auf. Sie wandte sich zu ihm; und er stand über ihr, sein Gesicht im Schatten der Betonwand, und sie erkannte seine Augen nicht mehr.

„Du darfst keinen Rückzieher machen. Wir haben gesagt, dass wir das gemeinsam tun. Uns hält doch nichts mehr hier. Diese Welt ist grausam und hässlich. Komm, an unserem Strand wird alles gut."

„Ich kann das nicht."

Und Fjodor nickte mit verdunkelten Augen und stieg ohne ein weiteres Wort die Stufen nach oben. Sie erhob sich, hatte auf einmal noch viel größere Angst, rannte ihm hinterher, durch die Tür ohne Tür, hinaus auf das Dach.

„Ich liebe dich! Und zwar *in* dieser Welt!", rief sie.

„Wenn du mich wirklich lieben würdest", sagte er grausam und hässlich, ohne stehen zu bleiben, ohne sich umzudrehen, „dann würdest du keine Angst haben."

Und ohne Kuss, ohne Umarmung, ohne durchzuatmen, ohne von fünf herunterzuzählen ging Fjodor an die Kante. Drehte sich noch einmal zu ihr um, aus seinen Augen Enttäuschung und Abscheu. Und ging seinen letzten Schritt.

Und sie stand da, sank wieder zu Boden und schrie, schrie so sehr, dass sie das dumpfe Geräusch weit unter ihnen nicht hörte. Sie schrie, bis sie keine Luft mehr bekam. Dann trat sie zitternd an die Kante. Sie wagte es nicht, nach unten zu sehen.

Stattdessen blickte sie in das Schneegestöber, in den unbeholfenen Tanz der Kristalle, in den Himmel.

Der Himmel. Heute war er grau.

III

So treibt das Bedürfnis der Gesellschaft, aus der Leere und Monotonie des eigenen Innern entsprungen, die Menschen zueinander; aber ihre vielen widerwärtigen Eigenschaften und unerträglichen Fehler stoßen sie wieder voneinander ab. Die mittlere Entfernung, die sie endlich herausfinden und bei welcher ein Beisammensein bestehen kann, ist die Höflichkeit und Sitte.

— Arthur Schopenhauer: Die Stachelschweine.

Die Taube auf dem Dach

Als die Tram einfährt, spielt sich auf der Straße der übliche Trubel ab: Menschen drängen hinaus und hinein, schubsen sich herum und Rentner regen sich auf, dass die Jugend keinen Respekt mehr vor dem Alter habe, weil sie ihnen nicht den Vortritt beim Aussteigen lassen.

Du selbst steigst auch aus, bepackt mit schweren Tüten. Du läufst einige Meter über den Bürgersteig, bleibst vor der modernen Fassade eines Mehrfamilienhauses stehen und kramst in deiner Handtasche nach den Schlüsseln.

In diesem Moment schwingt die gläserne Haustür auf und deine Nachbarin mit dem Gesicht wie ein Pferd tritt heraus. Sie bemerkt, dass du gut zu tragen hast, und hält dir die Tür auf. Freundlich nickst du ihr zu und sie setzt zu Small Talk an. Du aber antwortest ihr mit einem irritierten Blick. Wieder sagt sie etwas zu dir, du lächelst, nickst noch einmal und gehst ins Haus, während sie dir mit hochgezogener Augenbraue hinterherschaut und kopfschüttelnd ihres Weges geht.

Einige Zeit später öffnest du das schräge Fenster deiner Dachzimmerwohnung und streckst den Kopf hinaus. Du hast deine Einkäufe weggepackt und willst einfach mal durchatmen. Das Wetter ist schön. Du schließt die Augen und bleibst so einige Minuten lang stehen, die Hände auf den Fensterrahmen gestützt. Dann öffnest du die Augen, langsam, als bräuchtest du ein paar Sekunden, um wieder in die Realität zurückzufinden. Da bleibt dein Blick in der Krone des kleinen Ginkgobaums hängen, den die Stadt vor ein paar Jahren auf dem Mittelstreifen gepflanzt hat, um etwas Grün in das Grau zu bringen.

Auf dein Gesicht stiehlt sich ein Ausdruck von fast kindlicher Freude, so als wärst du wieder fünf Jahre alt und hättest am Ufer eines kleinen Bachs einen runden Kieselstein mit einer besonders schönen Adermaserung gefunden. Du reckst den Kopf aus dem Fenster. Da ist doch etwas in der Baumkrone. Leider ist da aber der Dachvorsprung, der die Sicht auf deine Entdeckung blockiert. Du verschwindest kurz vom Fenster, holst einen Stuhl und stellst dich darauf, aber dies hilft kaum.

Also steigst du kurzerhand aus dem Fenster, stehst da oben wie eine menschliche Statue auf einer Burgzinne, und setzt dich, die Füße über die Kante baumeln lassend, an den Rand der roten Ziegel. Die Luft ist sauber im Gegensatz zu dort unten, wo schon wieder die nächste Straßenbahn eingefahren ist. Neben dir haben sich einige Tauben niedergelassen und gurren vergnügt.

In diesem Moment, als sich die Menschenmenge unten erneut geteilt hat und die Tram ihren immer gleichen Weg durch die Straßen und Gassen der Stadt fortsetzt, kommt die Nachbarin wieder, das Pferd, bleibt vor der Haustür stehen und lässt gedankenverloren den Blick nach oben wandern, während sie ihre Schlüssel sucht. Und als sie dich dort oben sitzen sieht, stößt sie einen kurzen, spitzen Schrei aus und ruft: „Mein Gott, was machen Sie da oben?"

Aber du hörst es nicht.

Du schaust gebannt in die Krone des Ginkgos, als spiele sich dort ein spannender Film ab, und bemerkst das wild gestikulierende Pferd nicht. Für dich gibt es nur dich selbst auf dem

Dach, die sanfte Brise und deinen Blick voll Neugier, der die Äste und Zweiglein besetzt hält.

Unten kommt ein anderer Nachbar heraus, ein älterer Mann mit einem mächtigen, grauen Walrossbart, und das Pferd wendet sich an ihn, deutet mit zitterndem Finger zu dir. Und das Walross macht große Augen und ruft ebenso: „Junge Frau, kommen Sie herunter! Das ist sehr gefährlich, Sie könnten herunterfallen!"

Aber du hörst es nicht.

Pferd und Walross wechseln ein paar Worte, und da kommt schon die nächste Tram, spuckt Menschen aus und verschlingt neue. Und einige von ihnen, die ebenso zufällig wie das Pferd ihre Augen nach oben wenden, sehen dich, gebannt mit den Beinen baumelnd. Einige gehen irritiert weiter, einige bleiben stumm staunend stehen. Andere sprechen Pferd und Walross an, ob sie denn wüssten, warum da eine Frau auf dem Dach säße.

Der Tramtrubel löst sich diesmal nicht auf. Denn wie es nun einmal unter Menschen ist, springt die Neugier über solch eine unerhörte Begebenheit wie ein elektrischer Funken von Person zu Person. Man schnattert und deutet und schüttelt den Kopf. Pferd und Walross rufen immer noch vergebens, während man sich schubst und drängelt, um einen möglichst guten Blick oder Kamerawinkel auf dich zu erhaschen.

Da entfernt sich eine Frau, spindeldürr wie eine Gazelle, ein Mobiltelefon ans Ohr gedrückt. Nur wenige Minuten später biegt eine Polizeistreife in die Straße ein und wegen des Blaulichts bemerkst du zum ersten Mal, wie viele Menschen sich mittlerweile versammelt haben. Du lässt dich aber nicht stören, runzelst nur kurz die Stirn, bevor du mit versonnenem Gesichtsausdruck erneut die Baumkrone fixierst.

Aus dem Polizeiwagen steigen eine junge Frau und ein etwas älterer Mann mit Brille. In ihren Uniformen sehen sie aus wie zwei Pinguine. Sofort stürmen sowohl Pferd als auch Walross und Gazelle auf die beiden zu und erklären mit wilden Gesten, weshalb man sie gerufen habe.

„Sie sitzt einfach da oben und reagiert auf nichts!", wiehert das Pferd.

„Sie ist immer so schweigsam, wenn man sich mal im Treppenhaus begegnet. Sie ist immer so kurz angebunden, spricht eigentlich mit niemandem. Ich glaube, sie ist ganz allein. Vielleicht will sie springen. Man weiß ja nicht, was Einsamkeit auf Dauer mit der Psyche macht", brummt das Walross.

„Das glaube ich auch!", kreischt die Gazelle. „Also, wir müssen dieser Frau doch irgendwie helfen! Mein Mann arbeitet auf dem Bau, und da ist einer gesprungen, vor ein paar Tagen, ein noch ganz junger Kerl und –"

„Bleiben Sie ruhig, wir werden sehen, was wir tun können", sagt der Brillenpinguin, während seine Kollegin fleißig in ein Notizbuch kritzelt. Daraufhin spricht er in sein Funkgerät und fordert Verstärkung an, um die nach Sensation gierenden Lämmchen der Herde besser in Schach halten zu können.

Da schüttelst du den Kopf und ziehst die Augenbrauen empört zusammen. Du stehst auf und durch die Herde geht ein aufgeregtes Raunen. Was tust du jetzt? Wirst du wirklich springen? Man tuschelt hinter vorgehaltener Hand, zeigt zu dir hoch und erwartet deinen nächsten Schritt, am besten nach vorn in die Tiefe. Allerdings jagst du nur die Tauben auf, als du dich ein paar Meter weiter hinten direkt auf die Ziegel setzt, damit du die Menschenmenge unten nicht mehr sehen musst, aber immer noch die Baumkrone im Blick hast. Die Tauben sind nicht nachtragend und lassen sich erneut neben dir nieder.

Während unten ein Laut der Enttäuschung anschwillt, kommt ein neuer Trupp von Pinguinen an. Sie holen Absperrband hervor; es wird telefoniert und die Straße vorsorglich gesperrt. Zwei jüngere Pinguine treiben die schaulustigen Lämmer hinter die Grenze aus weiß-roten Plastikstreifen und achten darauf, dass keine Erinnerungsfotos mehr geschossen werden können. Das bizarre Ereignis macht nämlich schon die Runde auf verschiedenen Social-Media-Plattformen.

Pferd, Walross und Gazelle bleiben in der Nähe des Brillenpinguins, der aus seinem Auto ein Fernglas geholt hat und vom Mittelstreifen aus versucht, dich zu beobachten. Seine Kollegin plappert fiebrig in das Funkgerät.

Überall in der Stadt wundern sich zu diesem Zeitpunkt die verschiedensten Menschen darüber, warum die Tramfahrten bis auf Weiteres ausfallen. Oder darüber, wie spektakulär der Fall sein muss, wenn er einen Polizeieinsatz und eine Straßensperrung mit sich bringt. Oder darüber, warum man nicht durch die Straße fahren kann und einen Umweg nehmen muss. Man munkelt, dass wieder eine Fliegerbombe gefunden wurde.

Da nimmt der Brillenpinguin ein Megafon aus dem Kofferraum und stellt sich direkt unter den Ginkgobaum, den du kindlich fasziniert anstarrst. „Hier spricht der Polizeioberkommissar", echot seine Stimme verstärkt durch die Häuserschlucht. Sie lässt die Knochen der Lämmer erzittern und scheucht die Tauben neben dir auf. „Ich bitte Sie, langsam und vorsichtig aufzustehen und in Ihre Wohnung zurückzukehren. Egal, was die Gründe für Ihr Verhalten sind: Sie bereiten vielen Menschen damit Sorgen."

Die Lämmer raufen sich die Haare. Man wirft die Hand vor den Mund, schüttelt den Kopf. Es gibt nämlich keine Reaktion von deiner Seite. Die Pinguine telefonieren, Pferd und Walross liegen sich ob ihrer Sorge um dich spontan in den Armen und die Gazelle galoppiert aufgeregt hin und her. Du bist allen ein Rätsel. Wie kannst du das Aufgebot an Emotionen ignorieren, nein: nicht einmal wahrnehmen? Das Blaulicht, die gemengten Ängste, die Gier nach dem unausweichlichen Sprung? Der Brillenpinguin wiederholt seine Ansage über das Megafon und bittet dich höflichst und mit energischem Unterton, durch das Fenster zurück in deine Wohnung zu klettern.

Aber du hörst es nicht.

Und ich habe endlich das letzte Puzzleteil gefunden.

Ich drücke meine Zigarette im Aschenbecher aus. In der letzten Stunde habe ich dich beobachtet und eine nach der anderen gedreht und mich gefragt, warum du so keinsilbig auf den Zoo auf der Straße reagiert hast. Du hast mich nicht bemerkt oder ignorierst mich wie die anderen. Aber ich weiß jetzt, wie man sich dir verständig machen kann. Da helfen kein Megafon und keine wild mähenden Lämmer.

Ich muss nicht aus dem Küchenfenster steigen, um auf die roten Ziegel zu gelangen, denn mein Balkon schneidet eine komfortable Bresche in das Dach. Ich frage mich, warum es eigentlich eine so große Sensation ist, wenn jemand aufs Dach steigt, wenn man dort nicht gerade als Jugendlicher säuft oder raucht oder dort als Arbeiter das Haus instand hält. Niemand achtet auf mich, als ich mich dir gegenübersetze, der Ginkgobaum genau in unserer Mitte. Der Herde wartet immer noch wie auf glühenden Kohlen auf deinen Sprung in den Tod.

Ich winke dir zu und störe damit deine Meditation. Du runzelst irritiert die Stirn und winkst zögerlich zurück.

„Was machst du auf dem Dach?", gebärde ich zu dir rüber.

„Ich beobachte die Vögel im Baum", antwortest du. Auf dein Gesicht schleicht sich ein Ausdruck von Überraschung.

„Die Leute da unten machen sich Sorgen um dich. Die meinen, dass du vom Dach springen willst. Deshalb ist auch die Polizei da."

Da lachst du, bis du dich schüttelst.

„Wirklich?", fragst du mit belustigen Gesten. „Die sollen sich lieber um ihren eigenen Kram kümmern. Ich will nur die Spatzen im Baum beobachten. Vom Fenster aus habe ich keine gute Sicht."

„Spatzen? In der Stadt?"

„Ja. In dem Baum da ist ein Nest mit Spatzen. Eigentlich sind hier immer nur Tauben. Als Kind konnte ich noch hören und habe mir immer das Vogelgezwitscher angehört. Das von Spatzen mochte ich am liebsten. Ich erinnere mich sogar noch ein bisschen daran, wie es klang."

Da unterbricht dich unhöflicherweise der Brillenpinguin. Erneut wabert seine megafonisch verstärkte Stimme durch die Luft. Er kündigt an, dass die Feuerwehr unterwegs sei, um dich vom Dach zu holen. Ich übersetze es dir quasi simultan, denn unsere Kommunikation bedarf keiner Schallwellen.

Wieder lachst du. „Nur über meine Leiche", gebärdest du mit einem ironischen Augenzwinkern und diesmal steige ich in dein Lachen ein. Ich mag deine Art.

„Geh lieber trotzdem wieder nach drinnen. Nicht, dass sie dich einweisen. Deine Nachbarn sind schon krank vor Sorge", antworte ich grinsend. Pferd und Walross halten sich in einer entsetzten Umarmung gefangen.

„Die kümmern sich nicht um mich. Meine Nachbarin weiß anscheinend gar nicht, dass ich taub bin." Da biegt ein Feuerwehrauto mit Blaulicht in unsere Straße ein. „In Ordnung. Ich gehe zurück." Du zwinkerst und fragst vorsichtig: „Kannst du vielleicht rüberkommen und ihnen alles erklären? Die werden mich nicht verstehen und ich sie auch nicht."

„Natürlich", sage ich.

Wir beide stehen gleichzeitig auf. Durch die Lämmer geht ein Japsen. Man ruft, man schreit, man fällt fast in Ohnmacht vor Anspannung. Das Pferd wiehert. Dem Brillenpinguin fällt sein Sehgerät von der Nase. Jetzt ist es so weit, denken sie sich. Jetzt springt sie. Na endlich.

„Lass uns dann die Spatzen beobachten", gebärdest du, bevor du durch dein Küchenfenster zurück in deine Wohnung kletterst. Und ich kann mir in diesem Moment ehrlich gesagt nichts Schöneres vorstellen als das.

Thanatos

Es schien ein ewiger Sommer zu sein, doch so wie auf den Sommer zwangsläufig der Herbst folgt, folgte auf jene Ewigkeit zwangsläufig die Endlichkeit.

Wir gingen damals fast jeden Abend, nachdem er von der Uni oder einer seiner Bandproben gekommen war und nachdem ich mein einsames Dasein in seiner Wohnung gefristet hatte, hinunter an den Strand im Schatten der Klippe, auf der die Kathedrale der Stadt thronte. Manchmal machten wir einen Abstecher in den öffentlichen Garten, der sich an das Gotteshaus anschloss. Wir taten so, als wollten wir wie die anderen Menschen den Überfluss an Zitronen und Limetten und all den anderen Zitrusfrüchten bestaunen, die dort von den Mönchen gehegt und gepflegt wurden und den Garten in den verschiedensten Tönen von Gelb, Orange und Grün erstrahlen ließen.

In Wahrheit stahlen wir jedoch ein paar Früchte und danach uns selbst kichernd wie zwei Kinder aus dem Garten hinaus. Wir kletterten den unwegsamen Pfad hinunter zum Meer und aßen unsere Beute dort im Schatten der Klippe, wegen der Säure mit zusammengekniffenen Augen. Damals war es selbst abends noch angenehm mild, also zogen wir manchmal blank, wenn unsere Verwegenheit überhandnahm, und gingen ins Wasser. Dann legten wir uns nass und nackt auf unsere Decke und warteten, bis die Nacht hereinbrach, damit wir im milchigen Glanz des Mondes ein zweites Bad nehmen konnten.

Und während wir dalagen, schätzte ich mich glücklich, dass die Probleme, vor denen ich überstürzt geflohen war, in diesen Augenblicken vergessen waren. Sven nahm manchmal meine Hand, strich mit seinem Daumen gedankenverloren und sanft über meinen Handrücken, während er mit der anderen Hand eine Zigarette hielt. Er war mein Anker, den ich in den dunklen Zeiten davor verzweifelt gesucht hatte, als ich in meinen Gedanken zu ertrinken drohte.

Der Sommer schien in diesen Momenten nie zu enden, und nur der Gedanke daran, dass er es tun könnte, war so absurd, dass ich einmal laut lachen musste und Sven erst irritiert und dann amüsiert einstieg.

Alles schien gut zu sein.

Bis ich die Nachricht bekam, dass Großvater tot sei.

Sven war damals mit einer Tüte voller Lebensmittel auf dem Arm und dem Gigbag auf dem Rücken von der Uni zurückgekommen. Ich stand in der Küche und bereitete irgendein Abendessen vor. Er umfasste mich von hinten und drückte mir einen flüchtigen Kuss ins Haar.

Beim Essen sprachen wir über seine Psychologiedozentin und über Musiktheorie und Komposition. Während wir den Abwasch machten, fragte er mich grinsend: „Warum schreibst du dich nicht ein? Die würden dich mit Handkuss nehmen."

Ich schüttelte lächelnd den Kopf, aber Sven ließ nicht locker und begann, mir einzureden, dass meine Kompositionen, die ich im stillen Kämmerchen geschrieben hatte, fantastisch seien. Er sagte, dass ich mein Klavier wie ein Virtuose beherrsche und dass es eine Schande sei, dass ich noch nicht geübt hatte, seitdem ich bei ihm lebte. Er bot mir an, sich um ein Keyboard zu kümmern, das er von Vidar günstig abkaufen könnte. Alles in allem überhöhte er mich wie ein musikalischer Gott, was mich einerseits zutiefst schmeichelte, aber mit was ich andererseits nicht umgehen konnte.

„Lass gut sein." Verlegen rollte ich die Ärmel hoch.

Im selben Moment spürte ich seinen Blick an meinen Armen kleben. Ich bemerkte den fatalen Fehler, den ich begangen hatte, eingelullt durch sein Lob. Schnell wollte ich meine Haut wieder mit dem Stoff des Pullovers bedecken, doch hatte er mein Handgelenk schon sanft gepackt.

Ich wehrte mich nicht, als er die neuen Schnitte zählte.

„Fünf", stellte er fest und ich konnte den Ton in seiner Stimme nicht deuten. War es Missbilligung? Enttäuschung? Wut? Nein, alles nicht. Seine Worte waren banal und nüchtern, so als mache er eine beiläufige Bemerkung über das Wetter. Dann fragte er nur: „Womit?"

„Rasierklinge", murmelte ich in meinen Bart hinein und wich seinem Blick aus, der genauso brutal nüchtern wie seine Stimme war. Er ließ mein Handgelenk los und verließ wortlos die Küche. Ich hörte das Quietschen der Badezimmertür. In den Tagen danach gab es keine Spur eines scharfen Gegenstands mehr im Bad: Die Rasierklingen waren verschwunden, als hätten sie nie existiert.

Sven war den Rest des Abends betont höflich zu mir. Die Schnitte kamen nicht wieder auf. Im Gegenteil führten wir ganz normale Gespräche, die sich möglichst weit weg vom Vorfall bewegten. Alles schien normal zu sein, aber etwas lag in der Luft und bedrückte die Stimmung wie ein unsichtbarer Nebel.

Als wir schlafen gingen, gab mir Sven wie immer einen Kuss und fuhr mir noch ein paar Minuten lang durch die Haare, bis ich sein regelmäßiges Atmen hörte. Und noch immer drückte der unsichtbare Nebel auf meine Brust. Das Atmen fiel mir schwer. Lange konnte ich nicht einschlafen. Ich träumte von Einsamkeit und Tod.

Am nächsten Morgen wurden wir beide noch vor dem Wecker vom Vibrieren meines Handys geweckt. Sven murrte und legte mir von hinten den Arm um die Brust, aber ich setzte mich auf und blickte auf das Display – Cassius.

Das Gespräch verlief kurz und schmerzlos. Großvater sei bei einem Unfall ums Leben gekommen. Er war sofort tot. Man hatte ihn aus dem Wrack schneiden müssen. Er trüge keine Schuld am Unfall: Ein alkoholisierter Fahrer habe seine Geschwindigkeit nicht richtig eingeschätzt. Cassius sagte noch, die Beerdigung sei nächsten Freitag und ich solle bitte kommen, wo immer ich auch gerade sei. Das Telefonat endete so schnell und unerwartet, wie es begonnen hatte.

Sven hinter mir gähnte herzlich und fragte, wer was von mir um diese unmenschliche Uhrzeit wollte. Ich schwieg und starrte in die Leere. Staubpartikel tanzten einen unbeholfenen Reigen in den Sonnenstrahlen, die sich ihren Weg durch die Lamellen der Jalousie brachen. Dann begann ich, zu hyperventilieren. Sven nahm mich sofort in den Arm und versuchte, mich zu beruhigen. Ich griff nach meiner Brust, fühlte mich einem Infarkt nahe, und schrie und schluchzte und sah durch tränengetrübte Augen, wie der Staub seinen höhnischen Tanz fortsetzte.

Die Wochen nach der Nachricht waren eine einzige abstrakte Ansammlung an Sinneseindrücken. Ich erinnere mich nur sprunghaft und verschwommen: an Sven, der mich zur Beerdigung begleitete und sich unerwartet als mein fester Freund zu erkennen gab; an den Strand unterhalb der Kathedralenklippe, wo wir nunmehr schweigend saßen und dem Wellenbrechen lauschten; an das Zwielicht in der Nacht, wenn die Lichtverschmutzung in das Zimmer drang und Sven, einen Arm um mich gelegt, im Schlaf seufzte, während ich stundenlang wach lag und meine Gedanken im Kreis liefen; an den alltäglichen Farbenrausch und die Einsamkeit in der Wohnung, wenn er nicht da war, wenn ich auf dem Bett meine Zeit absaß, nichts tuend, bis ich den Schlüssel im Schloss hörte.

Eines Abends kam Sven wieder von der Universität zurück. Ich saß in der Küche vor dem Abendessen, das ich seit einigen Tagen zubereitete, wie in einem grausigen Ritual, aber nicht herunterbekam. Ein flüchtiger Kuss auf meine Stirn, dann zog er einen Stuhl heran und musterte mich einige Augenblicke lang.

„Du musst was essen", sagte er wieder in diesem brutal nüchternen Tonfall. „Und sag bloß nicht, du hast keinen Hunger. Ich kenne diese Ausrede mittlerweile."

„Ich habe keinen Hunger", sagte ich zum Trotz und rang mir ein Lächeln ab. Er schüttelte grinsend den Kopf und dann lachten wir. Mein Lachen war falsch, aber ich merkte, dass es ihn glücklich machte, und deswegen durfte ich nicht aufhören zu lachen.

„Nein, aber jetzt ohne Scheiß", sagte er dann. „Du musst was essen. Du bist ganz ausgemergelt. Wie fühlst du dich? Ist alles in Ordnung bei dir?"

„Schon."

Sven zog eine Augenbraue nach oben, aber fragte nicht weiter. Er seufzte, gab mir einen Kuss auf die Wange und verschwand im Bad. Im Türrahmen blieb er noch einmal stehen und sagte mir, dass er immer für mich da sei; und wenn ich nicht selbst auf mich aufpassen wollte, dann würde eben er das für mich tun.

Und in diesem Moment realisierte ich, wie nichtig eigentlich meine Existenz war, dass ich seine Fürsorge und Liebe nicht verdient hatte, dass ich ihn nur ausnutzte, um meine eigenen Probleme zu vergessen, um mich an ihm festzuklammern und die Bestätigung meiner Selbst in ihm und durch ihn und mit ihm zu finden.

Die Erkenntnis traf mich mit so einer Wucht, dass ich mich krümmte, weil mir eine eisige Faust die Eingeweide umklammerte. Sie stieß mich in das Abyss zurück, wo ich in den bereits bekannten Gedanken ertrank, jenen vertrauten Feinden, jenen verhassten Freunden. Dieser Zustand zog sich über mehrere Tage hinweg und mündete in einem kalten Gedanken. Als Sven einmal nicht da war, durchsuchte ich die ganze Wohnung von hinten nach vorne, um irgendetwas zu finden, mit dem ich mich schneiden konnte, damit ich die Spirale durchbrechen konnte. Schließlich wurde ich im hintersten Eck einer Schublade in Form eines rostigen Teppichmessers fündig. Ich schnitt mich am Oberschenkel: Seit der Nachricht vom Tod meines Großvaters schliefen wir sowieso kaum noch miteinander, Sven würde es nicht auffallen. Und mit jedem Schnitt merkte ich, dass mir dieses Ventil nicht mehr ausreichte, dass die äußeren Wunden jene klaffende Wunde in meinem Inneren nicht mehr zu füllen vermochte und mir auf lang oder kurz nur die einzige, letzte plausible Möglichkeit blieb, mir das Leben zu nehmen.

Anfangs sträubte sich mein Lebenstrieb dagegen. Aber ich hatte in viel zu kurzer Zeit zu viel angenommen. Mein gesamter Kreislauf und Stoffwechsel waren aus den Fugen geraten. Ich schlurfte durch die Wohnung wie ein lebender Toter. Folglich gab ich bald das Klammern ans Leben auf: Wenn schon der Körper aufgibt, konnte der Geist nicht mehr lange mithalten. Und vielleicht war der Lebenstrieb sowieso nur eine Farce, ein letzter verzweifelter Versuch der eigenen Seele, sich selbst zu therapieren, indem sie sich an diesem schlechten Witz, den man Leben nennt, totlacht. Dabei gab es keinen anderen Weg mehr, und das hatte meine Seele schon längst eingesehen.

Sven gegenüber war ich wie immer. Zwar bemerkte auch er, dass ich mich Stück für Stück physisch und emotional von ihm isolierte, aber er machte das Versprechen aus dem Türrahmen wahr und kam immer so bald von der Universität zurück wie möglich, um mir Gesellschaft zu leisten. Mit gezwungenem Lächeln nickte ich jeden Liebesbeweis ab. Jeder einzelne stach mir ins Herz und bekräftigte letztlich nur meine Entscheidung. Ich hatte ihn nicht verdient.

An einem Mittwoch, kurz nachdem Sven zur Vorlesung aufgebrochen war, steckte ich das Teppichmesser ein und legte den Brief, den ich vor zwei Tagen geschrieben hatte, auf sein Kopfkissen. Dann fuhr ich mit der Tram zur Kathedrale. Ich ging in den Garten, stahl eine Limette, meine Henkersmahlzeit, und kletterte den Pfad hinab zum Strand. Ich setzte mich in den Schatten der Klippe und legte Messer sowie Limette neben mich in den rauen Sand.

Ich weiß nicht, wie lange ich dort saß. Es hätten Minuten oder eine Stunde oder Tage gewesen sein können. Ich lauschte dem Rauschen des Meeres und dachte mir, in einem letzten Aufflammen von Hoffnung, dass dieses Geräusch viel zu schön sei, als dass ich es mit vier schnellen Schnitten auslöschte. Aber ich schüttelte den Kopf, schälte die Limette und biss hinein. Ich aß sie vollkommen auf und wusste nicht, ob ich wegen der Säure oder meines Plans weinte. Dann nahm ich das Messer.

In dem Moment, als ich nach dem letzten Durchatmen meine Ärmel hoch rollte, roch ich auf einmal das Beißen von Zigarettenrauch und hörte ein männliches Kreischen. Kein hässliches, sondern ein schönes, melodisches Kreischen, voller Wärme und Liebe und Angst, aber da färbte sich der Sand schon scharlachrot.

Später wachte ich im Krankenhaus auf. Ich sah verschwommen, aber ich hörte das rhythmische Piepen eines EKG-Geräts, dessen oktopodenhafte Saugnäpfe ich auf meiner nackten Brust spürte. Mein linker Unterarm war in einen dicken Verband gehüllt, der rechte hing an einem Tropf.

Ich war enttäuscht und wütend – auf mich selbst und auf die Person, sie mich meiner süßen Erlösung beraubt hatte. Salzige Zornestränen sammelten sich in meinen Augenwinkeln, so ganz anders als die Säuretränen im Triumphmoment, in dem ich zum ersten Mal über mich und mein Schicksal bestimmen wollte.

Da merkte ich mehr, als dass ich es wahrnahm, wie sich jemand, den ich bisher nicht bemerkt hatte, vom Fußende meines Bettes erhob und sich über mich beugte und auf einmal fremde Tränen auf meine Wangen fielen. Und dieses Gesicht, das hinter dem Schleier der Benommenheit und Medikamente geisterhaft über mir schwebte, war das eines jungen Mannes, der schön wie ein Engel war, dessen blondes Haar im blassen Neonröhrenlicht golden schimmerte.

Dieser Engel beugte sich zu mir hinab und als ich seine Lippen auf meinen spürte, hielt ich ihn für einen Augenblick für Thanatos, für Thanatos, der die, die im Sterben liegen, mit einem letzten Kuss erlöst, und ich dachte, dass ich am Ende vielleicht doch triumphiert hatte.

„Ich liebe dich", sagte Thanatos immer wieder und ich blickte in seine Augen. Und da nahm sein Gesicht die Züge von Sven an und ich realisierte, dass es Sven *war*, mein Anker, mein Todesengel. „Ich liebe dich. Bitte verlass mich nicht. Ich liebe dich." Und er küsste mich noch einmal und noch einmal und er wiederholte seine Worte mit belegter Stimme.

In diesem Moment keimte in mir die Saat auf, die das Wellenrauschen in meine Brust gesät hatte, und wie im Zeitraffer wuchs sie heran und wurde zu einer schönen Blume, die mich auf ihren Blüten aus dem Abyss trug und mich durch die dunkle Oberfläche meiner Gedanken stieß. Ich rang nach Luft, atmete süße Meeresbrise.

„Ich liebe dich auch", brachte ich kehlig heraus und mich juckten die Wunden unter dem Mullverband, als ich den linken Arm hob, um durch Svens Haare zu streichen. „Ich liebe dich auch." Und ich beschloss, am Leben zu bleiben – wenn nicht für mich, dann wenigstens für ihn.

Da Capo

Takt eins.

Schwere Schläge einer Pauke, der männliche Teil des Chors sang darüber, die Streicher setzten ein, dann die Blechbläser, bis sich alles mit einem schwellenden Crescendo zu einem heroischen Forte steigerte. Takt siebzehn.

Heute waren viele Menschen da. Zwar blendete sie das heiße Scheinwerferlicht, sodass sie die fremden Gesichter nicht erkennen konnte, aber die Reihen waren bis auf den letzten Platz besetzt. Heute musste Wochenende sein. Oder zumindest Freitag. Unter der Woche waren die Konzerte meist nicht gut besucht. Sich nach der Arbeit ins Konzerthaus zu schleppen, nachdem man den halben Tag sein Brot verdient hatte, würde sie auch nicht tun. Wenn sie nicht eben ihr Brot mit diesen Konzerten verdienen würde. Takt dreiunddreißig.

Sie nahm die Flöte hoch, achtete auf den Dirigenten, der wieder stark schwitzte. Ob nun vom Scheinwerfer in seinem Rücken, wegen Nervosität oder wegen einer generellen Veranlagung zu starker Transpiration, wusste sie nicht. Jetzt noch acht Takte bis zu ihrem Einsatz. Die Frauen hinter hier hoben an, Flöte ans Gesicht, aufmerksam den Dirigenten beobachten. Nun aber! Ihr Lauf war schon einmal besser gewesen in den letzten Tagen. Dafür war ihr Ton diesmal wärmer, als sie ihre sechzehn Takte Solo spielte. Takt fünfundsechzig.

Wahrscheinlich regnete es heute. Sie hatte vorhin, als sie sich kurz vor dem Auftritt unter die erwartungsvollen Zuschauer gemischt und einen Sekt gegen die Aufregung getrunken hatte, die vielen Jacken und Regenschirme in der Garderobe bemerkt. Sie konnte das nicht wissen, das mit dem Wetter, denn sie hatte heute die Noten für die nächste Konzertreihe erhalten, war durch den Tunnel zwischen Hotel und Konzerthaus in die unterirdischen Proberäume gegangen und hatte geübt. Diesmal würde es in die Ukraine gehen, Verdis und Mozart Requiem an je zwei Abenden in Odessa, danach Tschaikowsky Schwanensee und Violinkonzert an ebenfalls zwei Abenden in Kiew. Da bleib keine Zeit, rauszugehen. Geschweige denn, sich Gedanken über das Wetter zu machen. Takt achtundachtzig.

Sie war müde. Sie hatte sich gestern Abend von einem Fagott überreden lassen, bei ihm auf dem Hotelzimmer mit einer Viola und zwei Celli etwas zu trinken. Sie hatte sich schnell verabschiedet, da Gabriel auf sie wartete. Als sie aber, zurück in ihrem Zimmer, den Laptop aufgeklappt und den Sprachchat gestartet hatte, war er schon nicht mehr online gewesen. Sie hatte dann etwas ferngesehen, bis sie irgendwann – draußen war es fast wieder hell – eingenickt war. Der Wecker hatte um halb acht geklingelt; sie hatte sich schnell geduscht und sich zum Frühstück geschleppt. Takt einhundertvier.

Flöte bereit machen. Gleich durfte sie wieder spielen. Blick auf den Dirigenten, dem die Schweißperlen von der Stirn spritzten, als er eine ausholende Bewegung machte, so als wolle er alle Musiker umarmen. Der Chor schwoll an, die Hörner crescendierten, Luft, Stütze, und nun aber! Breit und erhaben spielen, dann als Kontrast staccatissimo, so als sei sie eine empörte Ziege, die man beim friedlichen Grasen stört. Triller hier, Verzierung da, Flöte runter und zur Piccolo wechseln. Nur eineinhalb Takt Zeit: Luft, Stütze, mit kleinen Einwürfen die Ohren aller penetrieren. Was musste, das musste: Eine Piccolo machte schon etwas her, wenn sich ihr bohrender und doch luftiger Klang über den Teppich legte, den die anderen für sie ausbreiteten. Nun noch einen Lauf zum Abschluss und dann erstmal wieder Pausen zählen. Takt einhundertsechsunddreißig.

Sie fragte sich, was Gabriel machte. Ob er mit den anderen aus der Gruppe spielte? Oder hatte er für die Arbeit zu tun? Er musste für seine Prüfungen lernen. Hoffentlich war er später trotzdem online, wenn sie hier fertig war. Sie würde gerne wieder seine Stimme hören. Einmal hatte er gesagt, dass er sie gerne bei einem Konzert in Aktion hören wolle. Aber wegen seiner Ausbildung klappte das derzeit nicht, und aus der Schweiz wohin auch immer war es eben kein Katzensprung. Die beiden hatten sich noch nie im echten Leben getroffen, nur gefiltert durch den Bildschirm. Aber das konnte ja alles noch kommen. Da Capo: Takt eins al fine.

Die verdammte Posaune hatte ihren Einsatz verpasst, aber sie zuckte nur mit den Achseln und grinste blöd. *Kann ja mal passieren, hoppla.* Natürlich, das stand außer Frage, aber wenn man das Stück schon an drei Abenden gespielt hatte und bei jedem Mal den Einsatz verpasst hatte, sprach das nicht besonders für musikalisches Können. Die Posaune sollte vielleicht weniger allabendliche und nachkonzertliche Abstecher in schäbige Kneipen machen und lieber die Stellen intensiver proben, die sie immer verposaunte. Aber gut, alle hier waren professionell. Da muss man darüberstehen, über den Makeln der anderen. Und sie für ihren Teil probte ja jeden Tag und beherrschte ihre Stelle. Apropos: Flöte hoch – Da Capo: Takt fünfundfünfzig al fine.

Der Lauf war diesmal besser als beim ersten Mal. Und das Solo mindestens genauso gut. Zufrieden legte sie die Flöte auf den Schoß und warf der Posaune einen vorwurfsvollen Blick zu. Diese bemerkte ihn nicht und flüsterte lieber mit ihrem Nebenmann und grinste blöd. Takt sechsundneunzig: Fine.

Schweißtropfen flogen wild herum, als der Dirigent abwinkte und sein Taschentuch aus der Innentasche seines Fracks holte. Er lächelte einmal zufrieden in die Runde, während alle zum zweiten Satz umblättern. Diesmal klatschte niemand – zum Glück. Gestern hatte jemand zwischen den Sätzen geklatscht und wie ein Lauffeuer hatte sich der donnernde Lärm von aufeinanderprallender Haut verbreitet. Ihr blutete das Herz, wenn diese ehrfürchtigen Sekunden, in denen der Schlussakkord in der Luft stand, durch das barbarische Geräusch von Applaus entweiht wurden. Genau dieses Moments wegen hatte sie Berufsmusikerin werden wollen. Sie erinnerte sich genau daran, wie sie damals mit ihrem Vater spontan in eine Kirche gegangen war, in der gerade zufällig ein Laienorchester ein Stück aufgeführt hatte, und daran, wie der letzte Akkord, D-Dur, oben im Dachgewölbe hin und her gesprungen und ihr tief ins Mark gegangen war, so sehr, dass ihr die Tränen gekommen waren. Und von da an hatte sie fleißig Blockflöte geübt, war auf ihre quere Schwester umgestiegen und lernte letzten Endes auch ihren kleinen, piepsenden Bruder. Und nach einem Studium war sie gleich in dieses Orchester aufgenommen worden, in dem sie nun saß und auf den dritten Satz wartete. Satz zwei: tacet.

Verbeugen.

Diesmal war Applaus angebracht. Das Konzert war ein Erfolg gewesen; sie war zufrieden mit ihrem Spiel. Der Dirigent hastete nach hinten, kam unter dem Beifall des Publikums wieder nach vorne, verbeugte sich und forderte seine Musiker dann auf, sich erneut zu erheben und es ihm gleichzutun.

Schließlich hob er den Taktstock, um den Chor für die Zugabe zu dirigieren. Choral: tacet.

Sie freute sich darauf, wieder auf ihrem Hotelzimmer zu sein. Der Tag war anstrengend gewesen. Sie hatte es sich verdient, ein bisschen vor dem Bildschirm zu entspannen. Zum Glück war hier das Internet gut. In manchen anderen Städten hatte sie sich teilweise nicht einmal mit dem Sprachchat verbinden können. Hoffentlich war Gabriel online und sie konnte noch ein paar Runden mit ihm spielen. Sie brauchte das: erst Musik, dann Gaming. Schon im Studium hatte sie diese Form von Eskapismus benötigt, wenn sie zwischen Tonsatzübungen, Repertoirestudien und Ensembleauftritten hin und her gehetzt war und sich selbst zu verlieren drohte. Dann hatte sie sich abends vor den PC gesetzt und gespielt. Den Gaming-Laptop hatte sie sich gleich von ihrem ersten Gehalt gekauft, damit sie ihr Hobby auf den vielen Reisen weiterführen konnte.

Manchmal fand sie das selbst merkwürdig: einerseits Mozart, Bach und Beethoven spielen, aber sich direkt danach vor den Bildschirm setzen und ein schroffes Gegenprogramm starten. Aber nein, es gab ja schließlich Videospielmusik, die ihre beiden Passionen miteinander verband. Was würde sie dafür geben, einmal in einem Orchester zu spielen und diese musikalischen Perlen zum Klingen zu bringen.

Nach dem Choral erhob sie sich zusammen mit den anderen ein letztes Mal, verbeugte sich tief und ging dann mit Flöte in der linken und mit Piccolo in der rechten Hand hinter die Bühne, wo sie die beiden Geschwister sorgfältig ausputzte.

Da berührte sie die Posaune an der Schulter und fragte mit ihrem aufgesetzten, blöden Grinsen: „Du, sag mal, hast du nicht Lust, mit uns noch ein bisschen wegzugehen? Wir würden noch in eine Kneipe gehen, gleich die Straße runter. Würde dir wahrscheinlich auch mal guttun, aus Hotel, Proberaum oder Konzertsaal rauszukommen."

„Danke für die Einladung", erwiderte sie mit einem ebenfalls aufgesetzten Lächeln. „Ich passe aber. Ich weiß besser, was mir guttut."

„Ich wollte dich nicht beleidigen, oder so." Mit einer gewissen Genugtuung bemerkte sie, wie die grinsende Fassade der Posaune bröckelte. „Aber solltest du dich doch entscheiden, noch nachzukommen, dann melde dich einfach. Die beiden sind übrigens auch dabei", fügte das Blech hinzu und deutete auf das Fagott und eines der beiden Celli von gestern Abend.

„Mal schauen", sagte sie und packte die Piccolo weg.

Die Posaune nickte stupide und verschwand mit den anderen durch den Hinterausgang. Wahrscheinlich hatte sie nur gefragt, weil das Fagott und die Streicher von gestern sie darum gebeten hatten. Warum sonst tat die Posaune sonst so scheinheilig, als wären sie die besten Freunde? Und auf einmal floss ihr eine unerklärliche Wut durch die Adern, während sie ihre Flötentaschen nahm und den Weg zum Hotel einschlug. *Würde dir wahrscheinlich auch mal guttun, aus Hotel, Proberaum oder Konzertsaal rauszukommen.* Wenigstens hatte sie selbst die Probenräume schon einmal von innen gesehen, im Gegensatz zur ach-so-freundlichen Posaune. Hoffentlich war Gabriel online, sie brauchte dringend Ablenkung, bevor sie aus einer unüberlegten Laune heraus die Kündigung einreichte. Warum eigentlich nicht? Warum schlug sie sich mit diesen Idioten herum, die doch sowieso nur wegen des Geldes Musik machten? Warum gab sie nicht einfach stattdessen Musikunterricht? – Weil das ihr Traum war. Es war ihr Traum, herumzureisen, Menschen mit Musik zu bewegen, zu Tränen zu rühren, ihnen die alten Meister näherzubringen und ihren Teil zur Erhaltung der Werke beizutragen. Weil es sie nicht glücklich machen würde, wenn sie einem lustlosen Teenager beibringen musste, wie man in die Flöte bläst.

Hoffentlich war Gabriel online. Sie eilte die Stufen nach oben, vorbei an einem Mann, der ihr überrascht nachschaute. Nahm nicht den Aufzug, um zu ihrem Zimmer im vierten Stock zu gelangen. Holte die Schlüsselkarte aus ihren schwarzen Blazer und zog sie durch den Schlitz. Drinnen warf sie die Instrumente aufs Bett und setzte sich in Arbeitskleidung vor den Laptop, sich das Headset über den Kopf ziehend. Verdammt, hoffentlich war Gabriel online.

Niemand war online. Weder Amy aus Schottland noch Claire aus Belgien, weder Takeshi aus Japan noch Gabriel aus der Schweiz. Niemand von der üblichen Gruppe wartete auf sie. Niemand, mit dem sie üblicherweise ihre Abende verbrachte, niemand, der sie aufmuntern konnte.

Sie klappte den Laptop wieder zu. Auf einmal war da eine Leere in ihr. *Das ist dein Traum. D-Dur in der Kirche.* Aber es half nichts. Sie war leer und ausgelaugt und einsam, trotz ihrer Berufung; trotz all der Menschen, die eine ähnliche Liebe zur Musik hatten wie sie selbst.

Auf einmal klopfte es an der Tür. Schnell wischte sie sich die Tränen aus den Augenwinkeln. Wahrscheinlich war es die Posaune, die sie noch einmal zu überreden versuchte. Sie öffnete die Tür, bereit, der Posaune klipp und klar die Meinung zu flöten.

„Hallo", sagte Gabriel mit unsicherem Lächeln. „Du hast heute wundervoll gespielt."

Silvester

Die Nacht war eisig. Niemand würde freiwillig draußen sein, außer für den kleinen Zeitraum, in dem man vom Auto in die sichere Wärme des Supermarkts brauchte. Und selbst solche Menschen taten das nicht freiwillig, sondern nur, weil sie bemerkt hatten, dass sie zur Sicherheit eine zusätzliche Packung Raclettekäse oder Wunderkerzen kaufen sollten.

„Komm", sagte die Mutter zu ihrem Mädchen, das den obdachlosen Mann mit großen Augen ansah, der da auf einer schäbigen Decke neben dem Parkscheinautomaten saß, zu seinen Füßen ein struppiger Labradormischling. „Wir müssen uns beeilen. Papa wartet schon."

Eigentlich wartete der Vater nicht, das wusste der Obdachlose. Eigentlich wollte die Mutter nur nicht, dass ihre Tochter mit dem Abschaum der Gesellschaft Umgang hatte. Er war es gewohnt, wie Luft behandelt zu werden, vor allem an Tagen wie heute, wenn man sich mit Familie und Freunden einen schönen Abend machen und sich nicht um allgemeine Mitmenschlichkeit scheren wollte.

„Aber friert der Mann nicht?", fragte das Mädchen. Die Mutter ignorierte die Frage, packte es etwas fester am Handgelenk und zog es über die Straße zum Supermarkt, während es dem Mann hinterher sah.

Die Hündin knurrte und zitterte. Der Mann streichelte ihr liebevoll über den Kopf und flüsterte ihr zu: „Ja, meine Gute, alles ist in Ordnung. Wir haben doch schon andere Nächte miteinander ausgehalten. Nächte, die viel kälter waren."

Das Obdachlosenhaus war heute überfüllt gewesen. Die nette Frau, die den Mann und seine hündische Begleiterin schon kannte, hatte ihn aus entschuldigenden Augen angesehen und ihm eine zusätzliche Decke mitgegeben – und gesagt, dass er es in der Bahnhofsmission versuchen könnte. Allerdings war der Bahnhof am anderen Ende der Stadt, für den Bus hatte er kein Geld und wie er den Fahrer kannte, würde dieser ihn nicht einmal ins Fahrzeug lassen. Er konnte also genauso gut hier auf dem Parkplatz bis morgen warten.

Gegenüber seinem Sitzplatz schloss sich auf der anderen Straßenseite direkt ein Mehrfamilienhaus an den Supermarkt an. Die dunkelrote Fassade war mit hell leuchtenden Quadraten warmer Zimmer gefleckt. Dem Mann fröstelte bei diesem Anblick. Er zog die Decke etwas höher, die Hündin gab einen Laut von sich, kletterte auf seine Beine und rollte sich zu einer warmen Kugel zusammen. Gedankenverloren strich er ihr durchs Fell, während er sich ausmalte, wie die Menschen hinter den Lichtquadraten lebten, was sie beschäftigte und wie sie den letzten Abend des Jahres verbrächten.

Da war zunächst ein Jugendlicher, der auf dem Fensterbrett saß und aus dem Fenster rauchte. Seine Eltern würden bald ausgehen, er selbst wartete auf seine Freunde. Er hatte Feuerwerk und Böller besorgt, die sie schon vor Mitternacht zünden würden, wenn sie um die Häuserblöcke zögen. Ein älterer Anwohner würde sie erwischen, wenn sie einen Böller in seinen Briefkasten würfen. Der Jugendliche und seine Freunde würden lachend wegrennen und sich in der Wohnung verschanzen, Bier trinken und Wodka. Vielleicht würde jemand Gras dabei haben. Sie würden einen drehen und ihn kreisen lassen. Dann würden sie, selig lächelnd, kurz vor zwölf nach unten gehen und zum Glockenschlag mit den Nachbarn anstoßen. Niemand würde bemerken, dass die Gruppe bekifft sei, und vom Jugendlichen selbst würde es auch niemand erwarten, von ihm, dem Stolz seiner Eltern. Später würden sich die meisten seiner Freunde verabschieden, aber sein bester Freund bliebe bei ihm und gemeinsam säßen sie, wie er gerade, rauchend am Fenster. Und beide wären etwas melancholisch, weil das alte Jahr gestorben war. Und er würde anfangen, zu weinen, weil er immer noch nicht wusste, was er mit seinem Leben anfangen sollte, wegen des Drucks seiner Eltern und weil er die guten Noten leid war. Und sein bester Freund würde ihn in den Arm nehmen und mit ihm weinen.

Dann war da hinten die alte Dame zwei Quadrate rechts vom Jugendlichen und zwei nach oben. Sie stand in der Küche und wischte sich mit dem Backhandschuh den Schweiß von der Stirn. Sie hatte einen Braten gemacht, von dem sie die ersten Tage des neuen Jahrs essen würde, weil sie niemanden mehr hatte. Ihr Mann war vor einem Jahr gestorben. Es war das erste Silvester allein für sie. Um Mitternacht säße sie vor dem Fernseher und würde eine Gala schauen und sich kurz so fühlen wie eine Prominente. Wenn es schließlich draußen knallen würde, würde sie den Ton lauter drehen und ihr würde der Schweiß ausbrechen, weil sie schon seit ihrer Kind Angst vor dem Geräusch hatte. Damals hatte sie bei jedem Knallen gleich in den Bunker fliehen müssen. Schon bei den Böllern, die die verdammten Jugendlichen bereits vor Mitternacht gezündet hatten, hatte sie instinktiv die Hände über dem Kopf zusammengeschlagen.

„Ist gut, meine Kleine", sagte der Obdachlose zu seiner Hündin, die wimmerte. Mittlerweile waren Mutter und Tochter aus dem Supermarkt gekommen. Wieder hatte das Mädchen ihm einen bedauernden Blick zugeworfen, aber wieder hatte die Mutter es fest an der Hand gepackt und zum Auto gezerrt. „Ist gut, ist gut. Ich weiß, es ist kalt, meine Gute, aber wir halten das aus."

Ein neues Licht war angegangen, verzerrt durch das Milchglas eines Badezimmerfensters. Vielleicht war es eine junge Frau, die sich fürs Ausgehen fertig machte. Sie stand vor dem Spiegel und zog sich Augenbrauen und Lippenstift, klebte sich falsche Wimpern an und trug Mascara und Nagellack auf. Anschließend würde sie sich, etwa in einer Stunde, vor die Haustür begeben. In ihrer Handtasche: Kaugummis, Schlüssel, Portemonnaie, Kondome. Der Bus fuhr zwei Straßen weiter und würde sie zum Club in der Innenstadt bringen, wo sie sich mit Freundinnen traf. Auf der Tanzfläche würde sie einem jungen Herrn näherkommen, mit dem sie elektrische Blicke austauschen und irgendwann an die Bar gehen würde. Mit Alkohol würde sie die letzte Hemmschwelle überwinden. Kurz nach Mitternacht, direkt nach dem Feuerwerk, würde sie mit dem Herrn nach Hause gehen. Kaum wäre die Tür ins Schloss gefallen, würden die beiden mit Mund und Hand übereinander herfallen, sich gegenseitig ausziehen und miteinander schlafen, wie in einem Liebesfilm. Am nächsten Morgen würde sie neben ihm aufwachen, ihm sanft eine dunkle Strähne aus dem Gesicht wischen und ihn dadurch aufwecken. Er würde aber plötzlich ganz anders sein und ihr ausweichend erklären, dass er gleich einen Geschäftstermin hätte. Dies käme ihr komisch vor, weil doch Neujahr war. Sie würde sich aber anziehen, die Wohnung verlassen und den Zettel mit ihrer Nummer in den nächsten Mülleimer werfen.

Eine andere Frau, etwas älter und mit rotgefärbten Haaren, war am Fenster aufgetaucht und telefonierte wild gestikulierend. Vielleicht mit ihrer Mutter und erklärte ihr, dass sie nicht nach Hause kommen würde. Schließlich wohnte sie seit fünfzehn Jahren allein und habe eine eigene Familie. Auf das Argument der Mutter hin, dass sie ja schon zu Weihnachten nicht gekommen sei, würde sie entgegnen, dass das Kind krank sei. Sie legte auf, öffnete das Fenster und steckte eine Zigarette an, so wie der mittlerweile verschwundene Jugendliche. Die Frau fühlte sich vielleicht eingeschränkt durch ihre kontrollierende Mutter. Sie war kein kleines Mädchen mehr, aber wurde noch so behandelt, obwohl sie doch nun selbst einen liebevollen Freund und zwei gesunde Kinder hatte. Eigentlich rauchte sie ja nicht mehr. Aber ihre Mutter regte sie so sehr auf, dass sie jetzt eine brauchte, um nicht gleich mit einem Gesicht wie sieben Tage Regenwetter beim Fondue und *Dinner for One* zu sitzen. Hände waschen, Parfum auftragen – das würde den Gestank des Rauchs schon übertrumpfen.

Die Hündin atmete nun regelmäßig. Sie war eingeschlafen. Sie hatte es gut, geschützt unter der Decke und gewärmt vom Mann, dem selbst kälter wurde, weil es zu schneien angefangen hatte. Ein Wunder. In den letzten Jahren hatte es weder zu Weihnachten noch zu Silvester geschneit. Deshalb freute sich der Mann, obwohl ihm kalt war. Weil ihn diese Flocken an bessere Zeiten erinnerten, an seine Kindheit, seine Jugend, an die Zeit, als er noch selbständig gewesen war, als er noch nicht Privatinsolvenz angemeldet hatte und seine Wohnung gepfändet worden war.

„Schau, meine Kleine, es schneit", flüsterte er der dösenden Hündin zu. Ohne sie würde er sich einsamer fühlen.

Ein Auto fuhr aus dem Hinterhof des Supermarkts heraus. Wahrscheinlich war es der Verkäufer, der noch die Kassen abgerechnet und den Laden abgeschlossen hatte. Jetzt würde er nach Haus fahren, die Arbeitskleidung gegen etwas Elegantes tauschen und direkt zum teuren Italiener fahren, um sich mit der Filialleiterin zu treffen. Diese war ihm nicht abgeneigt, er würde etwas teureren Wein bestellen; den, den sie gerne trank. Aus einer Weinlaune heraus würde sie ihm auf einmal einen höheren Nettolohn zusprechen, seine Hand nehmen und sie mit dem Daumen massieren. Im Auto, auf dem Weg in ihre Wohnung, würde sie versprechen, noch etwas auf die Gehaltserhöhung draufzulegen, wenn er auf einen Kaffee hochkommen würde. Natürlich würden sie miteinander schlafen: Die Gesten und Blicke zwischen beiden, die sie zwischen Teeregal, Backwaren und Lieferrollis ausgetauscht hatten, hatten Bände gesprochen. Zwei Wochen nach Neujahr würde sie stillschweigend seinen Lohn aufbessern und weitere Besuche bei ihr anberaumen, ohne dass es die anderen Mitarbeiter wissen würden. Um Diskretion auf seiner Seite zu wahren, würde sie ihn auf lang oder kurz zu ihrem Stellvertreter machen und den Kollegen, der dieses Amt derzeit innehatte, wegen einer Lappalie feuern.

Ein kleiner Junge war am Fenster in der roten Hausfassade erschienen und spielte mit Figuren auf dem Fensterbrett. Er hatte sich schon den ganzen Tag auf das Feuerwerk gefreut. Er sehnte die bunten Farben am Himmel herbei, das Pfeifen und Knallen, die funkenspeienden Fontänen, die den Parkplatz für ein paar Minuten taghell machen würden. Zwischen dem Rauch, der dann bleiern in der Luft hängen würde, würde er hin und her rennen und so tun, als sei er Astronaut. Wenn er einmal groß wäre, würde er als erster Mensch auf dem Mars landen. Wenn die Großeltern nämlich recht hatten, war Mama im Himmel. Der Junge stellte sich vor, dass sie mit anderen Leuten oben auf dem Mars wohnte, denn der war ja schließlich im Himmel. Und er würde sie dann besuchen und durch bunte Nebel und zwischen Asteroiden hindurch fliegen. Und dann würde er Mama zum ersten Mal sehen und umarmen.

Die Hündin hob träge den Kopf und fiepte. „Ja, meine Kleine, es ist kalt, ich weiß", beruhigte er sie. „Aber wir haben uns doch gegenseitig. Morgen wird es wieder wärmer." Sie jaulte. „Ich weiß, du hast Hunger. Ich auch, meine Liebe. Aber wir müssen noch ein bisschen durchhalten. Komm, wir schaffen das. Gemeinsam."

Da ging die Haustür gegenüber auf. Neugierig streckte die Hündin ihren Kopf unter der Decke heraus. Es war die rothaarige Frau, die am Fenster telefoniert hatte. Sie ging zu den Papiertonnen, die fein säuberlich nebeneinander am Straßenrand standen, und warf einen Schuhkarton hinein. Aufgeregt und mit neuer Kraft bellte die Hündin auf einmal, stürmte mit freudigem Schwanzwedeln auf die Frau zu, die sich kurz erschrecke, aber dann mit ebensolcher Freude in die Knie ging und ihr übers Fell streichelte.

„Ja, bist du ein Feiner!"

Da bellte die Hündin noch einmal, in die Richtung des Mannes, und die Augen der Frau folgten ihr. Sie legte verdutzt die Stirn in Falten und kam über die Straße, die glückliche Hündin im Schlepptau.

„Ist Ihnen nicht kalt?", fragte sie und fügte gleich hinzu: „Sorry. Eine blödere Frage kann man gar nicht stellen."

„Warum so förmlich? Sag einfach Du zu mir."

Sie nickte, die Hündin legte sich dem Mann zu Füßen. Eine Zigarettenschachtel wurde herausgeholt und ein Feuerzeug klickte. Sie bot ihm eine an und gab ihm Feuer.

„Soll ich für dich in der Herberge anrufen? Oder dir ein Taxi besorgen, wenn du eins brauchst?"

„Alles voll. Haben keinen Platz mehr für uns."

„Das ist ja unmenschlich. Dann lässt man dich und deinen Hund lieber hier draußen erfrieren, anstatt noch ein paar Feldbetten zu organisieren. Scheiß auf Weihnachtszeit und Nächstenliebe. Und dann noch am letzten Tag des Jahres."

„So ist das nun mal. Ich und meine Gute hier haben schon schlimmere Nächte ausgehalten."

„Ah, ein Weibchen?", fragte die Frau interessiert.

„Ja. Sie ist mir irgendwann zugelaufen. Vielleicht ist sie von daheim abgehauen. Oder man hat sie ausgesetzt. Ein Weihnachtsgeschenk für die Kinder, die aber keine Lust mehr auf sie hatten, nachdem die Welpenzeit rum war. Und man muss sich ja auch ums Spielzeug kümmern, sonst verreckt's."

Sie lachte amüsiert. „Die Straße hat dich zynisch gemacht, was?"

„Ich kann dir versichern, ich war schon vorher zynisch."

Sie grinste und warf den Stummel zu Boden, um die Glut auszutreten. „Gibt später eh genug Müll bei dem Rumgeballer", murmelte sie mehr zu sich als zu ihm. Dann fixierte sie ihn einige Sekunden lang schweigend.

„Habt ihr Hunger?", fragte sie aus dem Blauen heraus.

„Klar haben wir Hunger, aber du musst uns nichts extra holen. Bis morgen halten wir das schon aus. Wir sind's ja gewohnt."

Sie schüttelte den Kopf. „So ein Schwachsinn. Ich hol euch nichts. Ihr kommt mit hoch zu mir, könnt baden, dann machen wir Raclette und ihr könnt bei mir auf dem Sofa pennen anstatt hier in der Affenkälte."

„Was?", brachte der überrumpelte Mann nur heraus.

„Du hast schon richtig gehört. Bevor ich die Zutaten wegschmeiße oder mich die nächsten zwei Monate nur von Raclette ernähre, teile ich lieber mit euch." Sie stieß einen verächtlichen Laut aus. „Weißt du, mein lieber Verlobter, das Arschloch, hat mir vorhin am Telefon gebeichtet, dass er mir schon seit drei Jahren mit irgendeiner Ische fremdgeht. Aber es sei nur *ein Ausrutscher* gewesen. Am Arsch. Hab ihm gesagt, dass er mich auch genau da lecken kann, hab seine Fotos gepackt und weggeworfen. Hasta la vista, Baby." Sie lachte kehlig. „Na ja. Und jetzt sitze ich auf dem Zeug fürs Raclette."

„So ein feiger Wichser. Aber du, das ist zu viel, ich kann das nicht annehmen."

„So ein Schwachsinn", wiederholte sie grinsend. „Und ob du das annimmst. Pack die Decken und deine Begleiterin ein und schwing deinen Arsch zu mir in die Bude. Wäre schon traurig, wenn du den letzten Tag des Jahres hier in Einsamkeit und Kälte verbringen müsstest. Und wenn du mitkommst, dann tust du mir auch einen Gefallen: Ich muss mich nicht an Käse totfressen. Win-Win-Situation."

Und ehe er sich's versah, willigte er ein und folgte ihr, mit den Decken auf den Armen und dem Labradormischling bei Fuß, über die Straße zur roten Hausfassade und wurde Teil dieser Theaterkulisse, die ihm an diesem Silvester die eisige Nacht leichter gemacht hatte.

Vergangen

Als sie einander acht Jahre kannten
(und man darf sagen: sie kannten sich gut),
kam ihre Liebe plötzlich abhanden.
Wie andern Leuten ein Stock oder Hut.

— Erich Kästner: Sachliche Romanze

„Das war eine grandiose Lesung, Alexa", meinte der Veranstalter und prostete ihr zu. „Ein tiefgehender und doch recht unterhaltsamer Roman. Du bist für den ***-Preis nominiert, oder?"

„Zurecht", bemerkte der Student aus dem Organisationsteam. „Ich finde, dein Roman verdient tatsächlich einen Preis."

„Ach kommt, ihr schmeichelt mir. Danke wiederum, dass ich auf eurem kleinen, aber feinen Literaturfestival lesen durfte!", entgegnete Alexa bescheiden. Sie stießen an, Glas klirrte an Glas, und da kam schon ihr Essen.

„Wir haben beschlossen, noch ein, zwei Tage hier zu bleiben", teilte sie dann mit und warf ihrer Ehefrau Christa einen kurzen Blick zu. „Auf unsere Kosten, natürlich", fügte sie schnell hinzu und lachte den Veranstalter an, der gespielt die Augenbrauen in Schock hochzog.

„Das ist erfreulich", sagte er. „Hier gibt es viel zu sehen: die Burg, natürlich die vielen Kirchen. Auch die Universitätsbibliothek ist nett anzusehen, sie könnte euch beide als Literatinnen interessieren. Sie wurde von einem berühmten Architekten entworfen."

„Der Panoramaweg ist auch schön", warf der Student ein. „Von dort hat man einen wunderbaren Blick auf die Stadt. Und das Figurenfeld ist auch eine Empfehlung. Es liegt zwar etwas außerhalb, aber wenn ihr den Weg sowieso geht, lohnt sich ein Abstecher."

„Danke für eure Tipps." Christa nippte an ihrem Wein.

Sie aßen und unterhielten sich über Alexas Lesung. „Mir hat es besonders die Dynamik zwischen deinen Figuren angetan", wandte sich der Veranstalter an die Autorin. „Du stellst wunderbar dar, wie Menschen sich zusehends entfremden, auch wenn sie sich eigentlich abgöttisch lieben. Ich hoffe, dass zwischen *euch* alles gut ist!" Er zwinkerte ihnen grinsend zu.

Es folgte ein Augenblick unangenehmen Schweigens. Dann lachte Christa und Alexa stieg vorsichtig mit ein.

„Was für eine Frage", erwiderte sie und nahm die Hand ihrer Frau. „Nie von der Erzählerin auf die Autorin schließen!"

Allgemeines Gelächter.

Dann meinte der Veranstalter: „Mich erinnert die Dynamik auf jeden Fall an die, die auch unser junger Kollege hier in seinen Texten zeigt."

„Du schreibst auch?", hakte Christa interessiert nach.

Der Student druckste herum, nahm einen Schluck von seiner Cola und sagte dann: „Ja, aber ich habe bisher noch nichts veröffentlicht. Aber ich arbeite seit ein paar Jahren an einem Kurzgeschichtenband, in dem es auch darum geht, dass sich Menschen näherkommen wollen, aber es nicht können. Ich basiere die Geschichten lose auf der Stachelschweinparabel von Schopenhauer und –"

„Nicht zu viel verraten!", rief Christa. „Wir wollen das doch lesen, wenn du es veröffentlicht hast!"

Wieder lachten alle, der Student bescheiden.

Es war eine kleine, nette Runde. Sie aßen fertig, bestellten sich noch etwas zu trinken und saßen in reger Unterhaltung so lange im Restaurant, bis die Bedienung sie höflich fragte, ob sie noch etwas aus der Kaffeemaschine wollten, da sie diese ansonsten reinigen würde. Alle verstanden dies als einen Hinweis, dass das Lokal schließen wolle, also zahlten sie. Draußen verabschiedeten sie sich voneinander: Der Student lief nach Hause, der Veranstalter wandte sich in die Richtung des Universitätsparkplatzes und das Ehepaar nach Westen zur großen Kirche, vor der sie selbst geparkt hatten.

Kaum saßen sie im Wagen, ließen sie die Masken fallen.

Auf der Rückfahrt ins Hotel, das sich etwas außerhalb der Stadt auf dem Berg befand, sahen sie sich traurig an und schwiegen. Auch auf ihrem Zimmer sprachen sie nicht, machten sich bettfertig, jede für sich, und gingen schlafen. Nur einen kurzen Gutenachtkuss gab es, als altes Ritual, das seine ursprüngliche Bedeutung lange verloren hatte.

Sie schliefen lange. Die Sonne weckte sie schließlich gegen Mittag. Vom Fenster aus hätte man den Menschen gegenüber auf der Burg winken können, die klein wie Ameisen an der Mauer standen. Die beiden hatten eine fantastische Aussicht über die Stadt. Leider vermochten sie es nicht, sie zu genießen.

Nach wie vor schwiegen sie. Das Gespräch im Restaurant hatte sie so ausgelaugt, dass sie nichts zu sagen hatten. Alexa ging wortlos ins Bad, Christa hörte das Plätschern, während sie im Bett etwas auf ihrem Smartphone las.

Sie war erstaunt, als ihre in einen Bademantel gewickelte Frau sagte: „Du kannst."

„Ach, reden wir wieder miteinander?"

Alexa schwieg. Christa ging ins Bad und machte sich fertig.

Dann saßen sie im Zimmer: Alexa vor ihrem Laptop am Schreibtisch, Christa auf dem Sofa und in den Fernseher starrend. Irgendwann ertappten sie sich gegenseitig dabei, wie sie sich aus traurigen Augen ansahen.

Da weinte Alexa schließlich. Und Christa saß nur da und wusste nicht, was sie sagen sollte.

„Wie ist es eigentlich dazu gekommen?", fragte sie nach einigen Minuten. „Warum haben wir den Menschen gestern vorgespielt, dass alles eitel Sonnenschein zwischen uns ist? Aber wenn wir allein sind, sprechen wir kein Wort miteinander. Wie ist es dazu gekommen, Alexa?"

„Ich weiß es nicht. Ich habe keine Ahnung."

Alexa wischte sich die Augen am Ärmel ab. Mittlerweile war es halb vier Uhr nachmittags. Beiläufig bemerkte sie: „Es wäre mal Zeit, irgendwo Kaffee zu trinken. Was meinst du?"

Christa fühlte sich verletzt davon, dass ihre Frau vom Thema ablenkte, aber sie hatte keine Lust, die Diskussion zu befeuern, also willigte sie ein. Kurz darauf fuhren sie zurück in die Stadt, parkten am Dom und kehrten in ein kleines Café direkt daneben ein.

Alexa bestellte einen Cappuccino, Christa einen Latte macchiato. Dann sahen sie sich stumm an und rührten in ihren Tassen.

„Die Säule ist schön", sagte Christa, nur um endlich etwas zu sagen. Sie deutete auf ein Denkmal direkt neben dem Café, auf dem ein steinerner Löwe thronte. Am Sockel befand sich eine Tafel mit eingehauenen Namen gefallener Soldaten.

„Hm", machte Alexa. Dann: „Wir könnten uns den Dom ansehen."

„Ich stehe nicht auf Kirchen."

„Natürlich. Entschuldige. Wir sitzen in einer schönen Stadt voller kleiner Sehenswürdigkeiten und trinken nur Kaffee."

„Dann lass uns doch einfach spazieren gehen", schlug Christa vor. „Wir könnten mal zu dieser Universitätsbibliothek gehen. Und von dort aus weiter, und wir schauen einfach mal, wo wir noch landen."

„Ich würde mir gerne dieses Figurenfeld ansehen", gab Alexa zu.

Sie nickten sich zu, tranken ihre Tassen leer und zahlten. Dabei fragten sie die Kellnerin, ob sie wisse, wie man am besten zur Bibliothek käme. Die junge Dame verwies auf die Touristeninformation, nur wenige Meter vom Café entfernt. Dort besorgte sich das Ehepaar eine Karte des Orts.

Sie sprachen nicht viel, als sie um den Dom herum und über den Residenzplatz gingen. Höchstens verwiesen sie auf interessante Aspekte der barocken Architektur oder auf die Maria, die auf einer Säule über den Platz wachte. Die Karte zeigte ihnen, dass es im alten Stadttheater ein Kino gab. Alexa schlug vor, nach dem Spaziergang einen Film anzusehen. Christa stimmte knapp zu. Folglich machten sie einen kleinen Umweg und fragten im Foyer nach einem Spielplan. Eine Studentin gab gerne Auskunft.

„Schau doch, das klingt gut." Alexa wandte sich an Christa.

Die gab nur ein desinteressiertes „Hm" von sich und begutachtete ein Plakat neben der Popcornmaschine. Es zeigte ein Zebra, dessen Streifen von schwarz-weiß zu orange-rot übergingen, und bewarb ein Buch.

„Soll ich Ihnen Karten reservieren?", fragte die Studentin.

Alexa wartete auf eine Reaktion von Christa. Es gab keine.

„Danke, nein", sagte sie dann. „Wir kommen einfach später noch einmal."

Sie setzten ihren Weg gemäß der Karte fort. Als sie an der Kirche vorbeikamen, vor der sie gestern geparkt hatten, fragte Alexa: „Was sollte das denn eben?"

„Was sollte was?"

„Ich dachte, wir wollen uns einen Film ansehen."

„Das Plakat war Werbung für den Reiseroman eines jungen Mannes. Scheint auch ein Student von hier zu sein. Hier gibt es anscheinend viele Schreiberlinge. Das ist doch erfreulich!"

Alexa schwieg enttäuscht, weil Christa schon wieder das Thema gewechselt hatte. Sie liefen an der Feuerwehr vorbei und folgten einem Pfad am Flüsschen entlang, das durch die Stadt mäanderte. Es war wahrhaftig ein schöner Ort, ein Paradies für ein Studium oder ein langfristiges Leben, dachte sich Christa. Der Weg führte sie an einer großen Rasenfläche vorbei. Ein junger, schwer vor sich hin grübelnder Herr saß unter einer Trauerweide am Fluss zu ihrer Rechten. Zu ihrer Linken hatten sich Studierende auf Bierbänken vor der Cafeteria getroffen, um zwischen den Seminaren und Vorlesungen die Pause im sonnigen Wetter zu verbringen. Schließlich gelangten die beiden zur gläsernen Universitätsbibliothek.

Sie blieben vor ihr stehen und betrachteten sie eingehend. Christa brach die Stille mit den Worten: „Ich will sie mir mal von innen ansehen."

„Mach doch."

„Willst du nicht mitkommen?"

„Ich stehe nicht auf Bibliotheken."

Christa schüttelte den Kopf ob dieser Stichelei und zischte ihr zu: „Du bist manchmal echt nachtragend, weißt du das?"

Sie verschwand in der Bibliothek. Alexa fragte eine Studentin nach einer Zigarette. Eigentlich rauchte sie seit ein paar Jahren nicht mehr, aber Christa ging ihr heute so sehr auf die Nerven, dass sie nach so langer Nikotinabstinenz eine rauchen musste, um runterzukommen. Als ihre Frau wieder nach draußen kam, war sie schon fertig. Es verschaffte ihr Genugtuung, dass Christa den Rauch roch und missbilligend die

Brauen zusammenzog. Allerdings ging sie nicht weiter darauf ein und hakte nach, ob sie nun den Weg zum Figurenfeld einschlagen sollten. Alexa stimmte zu; so stumm wie zuvor setzten sie ihren Spaziergang fort.

„Wir sollten nach Osten", meinte Christa nach einiger Zeit.

„Nein, schau mal: Das Feld ist hier, aber wir müssen hier lang und dann den Berg hinauf. Die Straße, die du meinst, ist doch wegen Bauarbeiten gesperrt, hast du schon vergessen?"

„Gut, wenn du wieder neunmalklug sein must, nehmen wir also deinen Umweg."

„Christa, zum Teufel, das hat gar nichts damit zu tun, dass ich –" Alexa schüttelte den Kopf. „Wenn die Straße gesperrt ist, kann ich nichts dafür, dass wir einen Umweg nehmen müssen. Und schau, wir kommen darüber auch auf diesen Panoramaweg. Zwei Fliegen mit einer Klatsche!"

„Geh vor. Bitteschön. Mir egal."

„Kannst du nicht *einmal* mit mir reden, ohne mich gleich anzufahren?"

„Das tust du doch gerade auch!"

„Christa, bitte, ich will wirklich nicht mit dir streiten!"

„Wenigstens schweigen wir uns nicht an, wenn wir streiten."

Alexa überging diese Bemerkung und meinte dann doch, Christa solle einfach gar nicht mehr reden, bevor sie solche idiotischen Aussagen von sich gab, und ihr still folgen. Sie wisse schon, wie sie zum Figurenfeld kämen.

Das Ehepaar war an der Cafeteria vorbeigelaufen und hatte einen kleinen Innenhof passiert. Aus einem offenen Fenster hörten sie, wie ein bunt zusammengeworfenes Instrumentalensemble probte. Im Vorbeigehen lauschte Alexa einer Flöte, einer Klarinette, einem Saxofon, Klavier, Fagott sowie einer

Posaune und Violine. Christa hörte heraus, dass die Posaune und das Fagott nicht miteinander intonierten.

Durch einen amönen Garten kamen sie an der orangen Fassade eines barocken Lustschlosses vorbei. Eingebettet in die akkurat geschnittenen Hecken war ein Springbrunnen mit einem wasserspeienden Putto. Christa fand, dass dieser Hofgarten seinen Charme hatte und hätte sich am liebsten auf eine Parkbank gesetzt. Alexa fand, dass es unfreiwillig komisch war, dass sich der steinerne, nackte Knabe selbst mit dem Wasserstrahl bespuckte, der aus seinem Mund in die Höhe schoss.

Sie kamen am Restaurant vorbei, in dem sie gestern zu Abend gegessen hatten. „Wir müssen jetzt rechts die Straße hoch", sagte Christa mit einem Blick auf die Karte. Alexa schwieg. Sie passierten ein Wasserspiel für Kinder. Sie fand, dass der weiße Eisbär, den das Wasser eifrig umspülte, irgendwie witzig war, weil er mit etwas Fantasie so aussah wie ein Frosch. Christa fand, dass dieser Frosch, der als Eisbär angemalt war, ein ästhetisches Ungeheuer war.

Dann machte Christa plötzlich halt.

„Was ist los?", hakte Alexa nach.

„Ich glaube, wir müssen jetzt hier nach links."

„Wir können auch die Abkürzung hier nehmen: an der Schule vorbei, dann nur wieder nach rechts abbiegen und dann sind wir auch auf dem richtigen Weg."

„Das ist bescheuert. Das ist nicht mal eine Abkürzung."

„Und schon wieder streiten wir uns." Alexa rollte mit den Augen. „Müssen wir das in der Öffentlichkeit austragen? Lass uns das lieber im Hotel ausdiskutieren."

„Ausdiskutieren? Du würdest doch nicht einmal mit mir reden, wenn wir dort wären."

„Christa, meine Güte, wir drehen uns im Kreis. Lass uns einfach nur zu diesem beschissenen Figurenfeld gehen. Ich will echt nicht mit dir streiten."

Christa schnaufte und zuckte die Achseln. „Schön. Aber wäre es nicht schlauer, mit dem Auto zu fahren? Wir sind ziemlich weit weg vom Schuss, siehst du? Nur, weil du meintest, dass wir zu Fuß gehen müssten."

Alexa schüttelte den Kopf und ging einfach los. Christa ließ sie ein paar Meter laufen und wäre am liebsten umgekehrt und hätte sich wieder ins Café gesetzt. Doch dann folgte sie ihrer Frau an der Schule vorbei, um die Ecke auf die Straße, der sie folgen wollten – aber diese war ebenfalls gesperrt. Die Arme vor der Brust verschränkt, warf Christa Alexa einen wissenden Blick zu. Diese ließ sich aber nicht aus der Fassung bringen und studierte die Karte. Hierauf führte sie ihre Frau eine Einbahnstraße hinunter und durch einen Durchgang an einer Sparkasse vorbei. Irgendwie landeten sie schließlich im Innenhof eines Studentenwohnheims.

Christa blieb erneut stehen, als sie gerade unzählige bunte Fahrrädern passierten. „Das ist so ein Schwachsinn", spie sie aus. „Wir haben uns komplett verlaufen. Durch ein Wohnheim sollen wir auf das Figurenfeld kommen, das gefühlt fünf Kilometer von hier weg ist? Aber nein, du kennst ja den Weg. Sieht man ja. Warum sind wir nochmal nicht mit dem Auto gefahren?"

Alexa wirbelte herum. Ihr Geduldsfaden war geplatzt. Mit drohend ausgestrecktem Zeigefinger schritt sie auf ihre Frau zu und zischte: „Ich hab dich so satt, Christa. Du beschwerst dich nur die ganze Zeit, du interessierst dich nich einmal mit der linken Arschbacke dafür, dass ich versuche, irgendwie unsere beschissene Ehe zu retten. Ich dachte, oh, ein Spaziergang könnte uns guttun, damit wir auf andere Gedanken kommen. Arschlecken. Ich hab dich so satt."

„*Du* hast mich satt?" Christa lachte. „Ich hab *dich* satt. Ich habe übrigens diesen verdammten Spaziergang vorgeschlagen und nicht du. Du rühmst dich mal wieder mit fremdem Lorberren, was? Wie immer. Typisch. Du drehst alles so, dass du die Schlaue bist. Und dann gestern! Weißt du, du tust so auf heile, heile Segen beim Essen, dabei haben wir uns doch eigentlich seit zwei Monaten nichts mehr zu sagen. Von wegen, man muss Autorin und Erzählerin trennen. Warum hast du nicht einfach ehrlich gesagt, dass es zwischen uns nicht mehr läuft? Du hättest einfach sagen können, dass du mich nicht mehr willst. Wir haben nicht einmal mehr Sex! Wir liegen im Bett wie Bretter, und das seit Monaten, Alexa!"

„Komm mir jetzt nicht mit so einem Argument!"

„Natürlich komme ich dir jetzt mit so einem Argument, denn es ist die verdammte Wahrheit! Bin ich dir nicht mehr genug? Würdest du dich lieber mit anderen Menschen treffen? Wir können uns gerne scheiden lassen, wenn ich dir in der Hinsicht im Weg stehe. Wahrscheinlich triffst du dich sowieso schon mit anderen, was? Du liebst mich ja anscheinend nicht mehr."

Das war zu viel, und das wussten beide. Christa entschuldigte sich auf der Stelle, Alexa hob, mit Tränen in den Augen, abwehrend die Hände und wandte sich von ihr ab. Zwei junge Studentinnen, die gerade rauchten und ihren scharfen Wortwechsel zwangsläufig mitbekommen hatten, sahen schnell weg, als handelte es sich um einen Unfall, bei dem es pietätlos war, zu gaffen.

„Ich habe es nicht so gemeint", sagte Christa. „Es tut mir leid."

„Wie ist es eigentlich dazu gekommen?", fragte Alexa. „Warum tun wir das? Warum giften wir uns in aller Öffentlichkeit an? Warum interessieren wir uns nicht mehr füreinander? Ich habe dich so sehr geliebt, Christa. Wir sind wir solche Menschen geworden?"

„Ich weiß es nicht", antwortete Christa. „Ich weiß es nicht."

Irgendwo übte ein Mensch Klavier. Die beiden Studentinnen hatten sich verabschiedet; die eine lief mit roten Wangen am Ehepaar vorbei und nickte ihnen nur kurz und peinlich berührt zu. Der Himmel war strahlend blau, es war nicht zu warm, eine sanfte Brise ging durch den Innenhof. Alles hätte friedlich sein können.

„Alexa! Christa! Was macht ihr denn hier?", hörten sie plötzlich eine vertraute Stimme. Der Student aus dem Organisationsteam des Literaturfestivals war wie aus dem Nichts aufgetaucht.

„Gegenfrage – was machst *du* denn hier?", fragte Christa und nahm instinktiv die Hand ihrer Frau. Beide hatten sofort wieder ihre Masken aufgesetzt.

„Ich wohne hier", grinste der Student. „Aber ihr?"

„Oh, wir, ähm – wir wollten zum Figurenfeld gehen. Aber wir haben uns offenbar heillos verlaufen, glaube ich", erklärte Alexa. Christa nickte emsig und lächelte falsch.

„Dann seid ihr hier leider gar nicht richtig", lachte der Student. „Das ist am anderen Ende der Stadt, und dann auch noch oben auf dem Berg. Schaut, hier", fügte er hinzu und deutete auf einen Punkt auf der Karte. Ein bedeutungsschwangerer Seitenblick, den Alexa ignorierte.

„Die Straße ist gesperrt. Wir kommen mit dem Auto nicht hin", erklärte diese.

Der Student überlegte kurz. Dann meinte er: „Ihr könnt euch vielleicht zwei Fahrräder ausleihen. Den Berg hoch könnte es trotzdem anstrengend werden. Aber wenn ihr mal oben seid, ist es mit dem Fahrrad auf jeden Fall schneller als zu

Fuß. Sonst lauft ihr morgen noch." Er führte das Ehepaar zu einer Handvoll von Rädern, die in der Ecke standen, und meinte, dass sie von ausgezogenen Wohnheimbewohnern zurückgelassen worden waren und nun niemandem mehr gehörten. Alexa und Christa könnten sich gerne zwei ausleihen und sollten sie bei ihrer Rückkehr einfach wieder vorbeibringen. Schließlich zeigte der Student ihnen den schnellsten Weg zum Figurenfeld: irgendeinen ***berg hinauf, durch eine Wohnsiedlung und dann auf die Jurahochstraße. Und ehe sich's die beiden versahen, stiegen sie perplex auf die Räder und fuhren los.

Den Berg hinauf schoben sie die Räder, denn der Student hatte recht: Es war ziemlich steil. Alexa versuchte aus Trotz, hochzuradeln, aber kam keine zwei Meter weit, ohne rückwärts wieder herunterzurollen und fast vom Rad zu fahren. Christa lachte auf, teils aus Schadenfreude, teils deshalb, weil sie die Situation an früher erinnerte.

„Lachst du mich aus?", fragte ihre Frau gereizt, stieg ab und schob das Rad schnaufend. Christe schüttelte grinsend den Kopf.

„Erinnerst du dich daran, wie wir damals am Anfang unserer Beziehung ins Kino gegangen sind und du mich von daheim abgeholt hast? Ich wohnte damals auch an einer abschüssigen Straße. Du hast versucht, mit dem Auto anzufahren, bist dabei aber fast dem Macho hinter uns drauf."

„Du hast geschrien wie am Spieß. Das war lustig."

„Aber du bist ruhig geblieben wie nur irgendwie möglich, hast schnell reagiert und noch rechtzeitig gebremst. Der Idiot hat wütend herumgestikuliert und gehupt, aber wir haben gekichert und sind langsam wie eine Schnecke vor ihm her gerollt."

„Das war eine schöne Zeit", gab Alexa zu und der Anflug eines liebevollen Lächelns stahl sich auf ihr Gesicht.

Der Berg war geschafft, nun konnten sie wieder auf die Räder steigen und dem Weg folgen, den ihnen der Student gezeigt hatte. Sie passierten eine Bank und ein Kreuz, über das jemand eine Jacke gehängt hatte. Alexa machte einen sarkastischen Kommentar, dass es in dieser Stadt voller Kirchen wohl doch einige Menschen gab, die es nicht so mit der Religion hatten. Christa lachte. Kurz darauf kamen sie an eine Wohnanlage, vielleicht wieder ein Studentenwohnheim, an dem gerade eine junge Frau und ein Mann mit Dreadlocks Umzugskartons aus einem Auto hoben.

„Erinnerst du dich daran, wie du bei mir eingezogen bist?", fragte Alexa und ihr fiel auf, dass sie die ganze Zeit nebeneinander geradelt und betont höflich zueinander gewesen waren. Irgendetwas hatte sich zwischen ihnen verändert. Vielleicht war es der frische Wind, der ihre Haare zerzauste. Vielleicht war es der Erfolg, dass sie den Berg erklommen hatten, der sie beflügelte.

„Natürlich, mein Schatz", antwortete Christa und war selbst davon überrascht, dass sie Alexa gekost hatte. Schnell fuhr sie fort: „Ich musste damals so viele Bücher wegwerfen."

„Dir hat das Herz geblutet, als du diese Schiller-Ausgabe in die Tonne geworfen hast, die dich durch deine Schulzeit hindurch begleitet hatte. Aber sie war schon so zerfleddert und abgegriffen, dass es wirklich Zeit wurde, dir eine andere zu holen."

„Du hast mir eine zum Geburtstag geschenkt und ich war ziemlich überfordert, weil sie so antiquarisch und wertvoll war."

„Ich habe das gerne gemacht, Schatz."

Die beiden warfen sich einen kurzen Blick zu, bevor sie erröteten und schnell wieder wegsahen. Sie ließen die Siedlung hinter sich und kamen zur vielbefahrenen Jurahochstraße. Autos und LKWs rasten vorbei. Sie scherten unter lautem Gehupe ein, beide lachten und radelten ein Stück die Landstraße entlang, bis sie sie schließlich queren mussten. Alexa wagte es, Christas Hand zu nehmen, während sie Wagen um Wagen passieren ließen. Auf der anderen Seite ließen sie die Fahrräder auf einem Parkplatz zurück, folgten den Schildern einen ausgetretenen Wanderpfad entlang zu einer hölzernen Bank. Die mittlerweile untergehende Sonne tauchte alles in einen Dunst von Orange und Rot und Christa erinnerte sich an das Zebra-Plakat aus dem Kino.

Und da war es: das Figurenfeld. Von Wind und Wetter gezeichnete Steine deuteten Menschen im Kampf an, auf Knien, mit hoch erhobenen Händen, sich schubsend und schlagend, auf einem imaginierten Schlachtfeld. Eine Information auf der Karte sagte dem Ehepaar, dass es sich um ein Mahnmal gegen den Krieg handelte; und während Alexa eine Gänsehaut bekam, regnete es einen Schauer über Christas Rücken.

Einige Minuten saßen sie schweigend auf der Bank, den Sonnenuntergang und die Figuren betrachtend, und dachten über ihren eigenen Ehekrieg nach. Irgendwann legte Alexa einen Arm um ihre Frau und Christa den Kopf auf ihre Schulter.

„Es tut mir leid. Was ich vorher gesagt habe", sagte sie.

„Mir auch", sagte Alexa. Und: „Ich liebe dich. Wir haben in der letzten Zeit so viel miteinander gestritten, wegen Nichtigkeiten. Aber ich weiß, dass ich dich immer noch liebe wie früher. Unser Abenteuer mit den Fahrrädern zum Beispiel. Sowas will ich nicht verlieren. Ich will *dich* nicht verlieren, Christa."

„Ich dich auch nicht, Alexa. Ich liebe dich." Christa drückte ihr einen Kuss auf die Wange. „Lass uns das irgendwie reparieren. Lass uns eine Paartherapie machen, wenn es sein muss. Rufen wir gleich morgen an, bevor wir nach Hause fahren. Ich glaube, dass das nicht kaputt zwischen uns ist. Ich glaube, dass wir das retten können. So kintsugimäßig." Die beiden lachten.

„Ich will es auch retten", sagte Alexa. „In zwanzig Jahren will ich hierauf zurückblicken und mir denken: Gott, wie bescheuert waren wir damals eigentlich. Aber das wird dann in der Vergangenheit liegen. Lass uns alles, was gestern und heute, was die letzten Monate passiert ist, einfach der Vergangenheit zum Fraß vorwerfen."

Christa gab ihrer Frau als Antwort einen Kuss, und während die Sonne das Tal in orange-rotes Licht tauchte, zogen die beiden ihre Stacheln ein und ließen zu, dass sie sich gegenseitig vor dem Erfrieren schützen können.

Persönlicher Epilog & Danksagung

Als ich diese Sammlung von fünfzehn Erzählungen Ende 2019 zum ersten Mal veröffentlicht hatte, dachte ich, dass sich vielleicht zwanzig Menschen mit meinen Texten auseinandersetzen. Jetzt, im Juli 2022, bin ich überwältigt von der Resonanz, die manche Geschichten auf die Menschen um mich herum haben. Weil sich andere literarische Projekte aus den *Stachelschweinen* ergeben haben, für die ich ganz im Allgemeinen wahnsinnig dankbar bin, habe ich mich für diese zweite Auflage entscheiden. Diverse Geschichten wurden behutsam angepasst. Tippfehler ausgemerzt. Und vielleicht schon der eine oder andere Brotkrumen für zukünftige Geschichten ausgestreut. Wie dem auch sei: Auch wenn es in den letzten fünfzehn Geschichten um Menschen ging, die sich gegenseitig nahe sein wollen, aber aufgrund ihrer „Stacheln" dazu nicht in der Lage sind, soll man – wie Christa gesagt hat – nicht vom Erzähler auf den Autor schließen. So gibt es in meinem Leben glücklicherweise mehr Menschen, mit denen ich jene von Schopenhauer verlangte mittlere Entfernung gefunden habe und mit denen ich deshalb in tiefer Verbundenheit lebe, als solche, die mich stechen und welche ich steche. Diesen Menschen möchte ich an dieser Stelle danken – für ihre Zeit, ihre Liebe, für alles.

Allen voran gilt dies meinen Eltern Anna-Maria und Stefan. Auch wenn ich oftmals von komplizierten Eltern-Kind-Beziehungen schreibe, kann ich sagen, dass ihr zwei mich immer und mit allem unterstützt, schon von klein auf, mir eine so große elterliche Liebe gibt, dass ich sie nicht in Worte fassen kann. Danke euch. Ebenso gilt dieses Danke meiner Schwester Selina. Du wolltest schon lange etwas von mir lesen, nun kannst du es endlich tun.

Weiterhin muss ich herzlich Anna (@kibaente) danken, die ich mit der Frage überrumpelt habe, ob sie für dieses Buch Illustrationen beisteuern möchte. Ich freue mich, dass du meine Ideen ins Bild übersetzt hast. Das Ergebnis kann sich wahrlich sehen lassen und übersteigt meine Erwartungen um ein Vielfaches. Wirklich: Vielen, vielen Dank. Porcupines rule!

Michael, Henning und Sabine – euch danke ich für euer ehrliches Interesse an meinen Texten, sei es zu Schulzeiten oder im Studium und mittlerweile darüber hinaus.

Sonja, Nadja und Kristin, ihr drei bereichert mein Leben ungemein und ich bin froh, dass ihr mir ganz ohne Stacheln eine wohlige Freundschaftswärme zuteilwerden lasst. Bleibt bitte, wie ihr seid. Danke.

Nun gibt es drei Menschen, die einen sehr großen Teil dazu beigetragen haben, dass dieses Buch überhaupt existiert. Ein inniges Danke an Mo, an Linda und an Jonas. Nur durch euch habe ich mich überhaupt inspiriert gefühlt, manche der hier versammelten Geschichten zu schreiben, durch die Gespräche mit, durch Geschehnisse um, durch Liebe von euch. Mo, ohne dich gäbe es manche Geschichten nicht: *Ménage à trois, Fixstern, Blauwal, Die Taube auf dem Dach* ... vielen, vielen Dank für dein immer ehrliches Feedback. Linda, ich danke dir für dein offenes Ohr in jeglicher Hinsicht, besonders aber auch dann, wenn ich dir auf jener berühmten Treppe einige Erzählungen vorgelesen habe, bei *** Zigaretten und spät in der Nacht. Ich hoffe, dass *Da Capo* deinen Erwartungen entspricht – denn es ist deine Geschichte. Jonas, dich kenne ich zum Zeitpunkt der zweiten Auflage seit drei Jahren und ich bin so froh, dass sich mein Wunsch aus der Danksagung der ersten Auflage bewahrheitet hat und wir immer noch in engem Kontakt stehen. Nur durch dich habe ich den Entschluss und Mut gefasst, dieses Buch tatsächlich zu veröffentlichen. Danke für alles. Ich hoffe, dass unsere Leben verbunden bleiben.

Und zuletzt: Danke an meine Großmutter Anna, die du mir immer schon als Kind fleißig vorgelesen und meine Liebe zur Literatur geweckt hast. Der alte Mann mit grauem Bart habe dich selig.

Quellennachweise

Arthur Schopenhauers *Die Stachelschweine* sind zitiert nach:
Schopenhauer, Arthur: Parerga und Paralipomena. Kleine philosophische Schriften. Band 1 und 2, Berlin 1851, S. 524–525.
Die Rechtschreibung wurde behutsam modernisiert.

Erich Kästners *Sachliche Romanze* wurde zitiert nach:
Paefgen, Elisabeth K. / Geist, Peter (Hrsgg.): Echtermeyer deutsche Gedichte. Von den Anfängen bis zur Gegenwart, Berlin [20]2010, S. 634.